도전하지
않는 것이
부끄러운
것이다

**도전하지**
**않는 것이**
**부끄러운**
**것이다**

**초판 1쇄 인쇄** 2022년 4월 15일
**초판 1쇄 발행** 2022년 4월 20일

**지은이** 최영재
**기획** 강민경
**편집** 하진수
**디자인** 진
**펴낸이** 남기성

**펴낸곳** 주식회사 자화상
**인쇄,제작** 데이타링크
**출판사등록** 신고번호 제 2016-000312호
**주소** 서울특별시 마포구 월드컵북로 400, 2층 201호
**대표전화** (070) 7555-9653
**이메일** sung0278@naver.com

ISBN 979-11-91200-53-9 (03810)

# 도전하지 않는 것이 부끄러운 것이다

당신이
포기하지 않았으면
좋겠습니다

최영재 지음

자화상

# 도전 그리고
# 마음의 별에 대한 이야기

최영재 씨는 나 같은 사람과는 사뭇 다른 세상에서 사는 사람입니다. 내가 글이나 쓰는 나약한 시골 서생이라면 최영재 씨는 기골이 장대할뿐더러 잘생기고 훤칠한 사내대장부입니다. 하는 일 또한 과감하고 결단력을 요구하는 일입니다. 더구나 그는 티브이 화면에 자주 등장하는 유명인사입니다.

그런데 운이 좋게 그를 만날 기회가 있었고, 첫만남인데도 꽤 긴 시간 동안 이야기를 나누게 되었습니다. 한 마디로 그는 문무(文武)를 겸전(兼全)한 인물이었습니다.

표면적으로 강인하고 다부진 일면이 그를 대표한다면 살갑고 부드러운 일면이 그의 내부에 숨어 있었습니다. 말씨가 그렇고 태도가 그렇고 삶의 방식이 그러했습니다. 특히 가정생활 이야기, 아내 이야기, 딸의 이야기를 할 때 그는 참으로 부드럽고 정감이 넘치는 사람이었습니다. 그렇습니다. 부드러움과 강인함을 함께 지닌 인물이 최영재 씨입니다.

그가 책을 낸다면 아마도 이러한 양면을 십분 잘 살려서 내는 책이 될 것입니다. '도전하지 않는 것이 부끄러운 것이다' 이것이 책의 제목입니다. 도전도 도전이지만 그는 마음의 별에 대해 이야기하는 게 아닌가 싶습니다. 마음의 별을 바라보고 그리워하는 것만으로 충분히 아름답고 가치 있는 일입니다.

그의 마음에 있는 별이 그를 더 좋은 세상으로 이끌어가기를 축원하면서 그의 책이 또 읽는 많은 독자에게 그런 역할을 충분히 할 수 있기를 축원합니다.

나태주(시인)

# 당신이 포기하지 않았으면 좋겠습니다

"실패가 부끄러운 것이 아니라 도전하지 않는 것이 부끄러운 것이다." 이는 에베레스트산을 최초로 등반한 뉴질랜드의 산악인 에드먼드 힐러리(Edmund Percival Hillary)가 한 말이다.

나는 이 말을 가장 좋아해서 인생의 좌우명으로 삼고 살아왔다. 도전하지 않고서는 절대 정상에 오를 수 없다. 정상에 오르기까지 여러 상황을 겪고 헤쳐나가야 비로소 정상에 도달해 성취감을 맛볼 수 있다.

인생도 마찬가지다. 내가 원하는 것을 이루기 위해 도전하고, 이루어나가는 과정에서 겸손함과 삶의 지혜를 배워 성장한다. 수많은 도전 경험이, 실패의 경험이 나를 강하게 만든다. 물론 도전하지 않으면 실패를 경험할 일은 없다. 하지만 도전하지 않으면 성장도 없다. 당연히 꿈도 이룰 수 없다.

밀리터리 서바이벌 프로그램 〈강철부대〉가 많은 사랑을 받은 덕분인지 방송 이후 기업, 학교, 기관 등에서 많은 강의 요청이 있었다. 나는 10~20대 학생을 대상으로 도전과 열정을 주제로 강의할 때면 꼭 참석자들에게 꿈이 무엇인지 물었다.

그런데 대다수가 '구체적인 꿈이 없다'라고 답했다. 충격적이었다. 이유를 물으니 그냥 하고 싶은 게 없고 안정된 직장을 구해서 틈틈이 하고 싶은 것 하면서 적당히 살고 싶다고 했다.

물론 열정 하나로 패기 있게 덤비는 사람이 없지는 않지만, 대부분은 꿈을 좇아 도전하기보다 현실에 안주하는 듯하다. 꿈을 이루고 싶다는 바람보다 실패에 대한 두려움이 더 커서일지도 모른다. 그렇지만 가만히 나 자신을 돌아보면 '진짜 바라는 무언가'가 분명 있을 것이다.

이 책은 이루고 싶은 바가 있는데, 도전할 용기가 안 나는 사람을 생각하며 썼다. 도전 앞에 주저하는 이들에게 내 이야기를 들려주고 싶었다.

"최악은 실패가 아니라 도전하지 않는 것이다", "기준은 없다, 지치지 않고 끝까지 해내는 것뿐", "결단했다면 즉시 실행에 옮기고 후회하지 않는다", "세상에서 가장 큰 승리는 사람의 마음을 얻는 것이다" 등 가장 전하고 싶은 메시지를 중심으로 총 4장으로 나누어 진솔하게 이야기를 풀어나갔다.

일반인은 쉽게 경험할 수 없는 환경을 이겨내고, 결단력과 행동력으로 끊임없이 도전을 이어나가 결과를 만들어온, 순도 100%의 내 이야기다.

나는 새로운 일을 앞두고 늘 가슴이 뜨거워진다. 그 기분은 설렘과도 닮았다. 인생의 새로운 도전을 결심한 모든 이에게, 뜨거운 마음으로 대한민국을 지켰던 특수부대원, 경호원으로서 치열하게 도전하고 경험하기를 멈추지 않았던 내 이야기를 전한다.

부디 내 이야기가 당신이 새로운 첫발을 내디딜 용기를 내는 데 도움이 되기를 바란다. 뜨거운 가슴으로 당신의 도전을 응원한다.

최영재

## 차례

CHAPTER 2

# 강철 체력

"기준은 없다, 지치지 않고 끝까지 해내는 것뿐"

CHAPTER 3

## 강철 행동력

"결단했다면 즉시 실행에 옮기고 후회하지 않는다"

CHAPTER 4

## 강철 공감력

"세상에서 가장 큰 승리는 사람의 마음을 얻는 것이다"

CHAPTER 1

# 강철 정신력

"최악은 실패가 아니라 도전하지 않는 것이다"

# 특전사 707부대로 선발된다는 것

특전사 707부대는 대한민국 최정예 대테러 부대로 알려진 곳이다. 특전사라면 누구나 한 번쯤 꿈꾸는 곳이다. 나 역시 그곳에 관심이 있었다. 이왕 군인이 되었다면 최고의 실력을 갖춘 군인이 되고 싶었다.

## 언제 찾아올지 모를 기회를 잡으려면

드디어 기회가 찾아왔다. 707부대는 주기적으로 선발하는 게 아니라 공석이 생겼을 때 선발한다. 군복무한 지 1년째에 중위계급 한 명을 뽑는다는 공고가 났다. 특전사에서 707로 선발되는 것은 무척 어려운 일이며 흔치 않은 일이다. 그도 그럴 것이 전체 특전사 중에서 뽑는 것은 단 한 명이다.

그 한 명이 내가 되리라는 보장은 없다. 지원자도 많을 것이다. 하지만 나는 늘 꿈을 품고 있었기 때문에 이미 준비되어 있었다. 지금이 바로 도전할 기회라고 생각했다. 기회가 언제 올지는 아무도 모른다. 다만 준비된 자가 먼저 잡을 수 있다는 것은 안다.

보통 군대에서는 업무 능력이 좋고 열심히 하는 사람을 다른 부서나 부대로 잘 보내주지 않는다. 하지만 너무도 원하던 곳이었기에 기필코 가야겠다고 마음먹고 대대장님에게 면담을 요청했다. 나의 간절함을 아셨는지 대대장님은 내 이력서와 근무평정을 훑어보시더니 한번 지원해보라며 흔쾌히 승인해주셨다.

막연히 꿈꾸던 그곳에 한발 더 가까이 갈 수 있는 길이 열렸다. 선발 담당 장교와의 면접과 체력평가에서 최선을 다했고, 진인사대천명(盡人事待天命)이니 이제 선발결과를 기다릴 일만 남았다. 하루하루 소식을 기다리는 동안 몹시도 긴장되고 떨렸다.

그렇게 두세 달이 지났을 무렵, 707부대로부터 내가 최종선발 되었다는 통보를 받았다. 대학에 합격했을 때만큼이나 기쁘고 행복했다. '전체 특전사 중 한 명'의 자리에 바로 내가 뽑힌 것이다.

알고 보니 면접 후 평정 과정도 거쳤다고 한다. 평정은 평소 부대에서 얼마나 열심히 훈련하고 생활하는지에 대한 것을 제3자 또는 지휘관을 통해 확인하는 작업이다. 그렇게 철저한 검증을 통해 선발되었다는 것을 알고 더 자랑스러웠다.

## 여기서 살아남아야 한다

부푼 가슴을 안고 707부대에 들어서던 순간이 지금도 생생히 떠오른다. 주황색 바탕에 용맹한 백호 한 마리가 그려져 있는 휼장(부대마크)이 보였다. 특전사라면 누구나 알고 있고, 선망하며, 두려워하는 휼장이다. 이제 나도 그 자랑스러운 휼장을 다는 일원이다.

부대 입구에 들어선 순간 살벌한 분위기가 나를 압도했다. 체력단련을 하던 중이었는데, 그동안 내가 보아오던 체력단련 풍경과는 사뭇 달랐다. 모두 상의를 탈의하고 있었는데 근육들이 엄청났다. 익히 듣던 소문대로 위압감이 보통이 아니었다. 국내 리그에서 뛰던 축구선수가 프리미어 리그에 진출해 처음 구장에 들어서면 이런 느낌일까? 나는 부대 입구에 서서 다짐했다.

'여기서 살아남아야 한다. 여기서 최고가 되어야 한다.'

특전사 707부대는 전략적 임무를 수행하는 대테러 부대다. 수많은 유관기관, 정보기관, 상급부대 국방부, 합동참모본부와 직접적으로 연결되어 있으며 VIP경호작전도 실시하여 업무의 양이나 중요도가 엄청난 부대다.

707부대의 모든 인원을 교육시키는 곳이 국가 대테러훈련센터의 교육중대이고, 707부대의 훈련과 평가를 담당하는 직책이 교육장교다. 그동안 교육장교는 업무 특성상 특정 출신의 장교나 뛰어난 능력을 인정받은 장교만이 맡을 수 있었다. 하지만 그러한 모든 기존 규칙을 깨고 707부대의 교육장교를 맡게 되었다. 이곳에 와서 내가 보여준 실력으로 당당히 벽을 뛰어넘은 것이다.

노력은 배신하지 않는다. 늘 그랬듯 이곳에서도 최고가 되기 위해 누구보다 열심히 했고 많은 성과를 거뒀다. 보안상 구체적인 업무 내용을 밝힐 수는 없지만 그 성과를 인정받아 교관이 되었다. 요령 같은 것은 없었다. 오직 능력으로 평가받았고 인정받았다.

그리고 교육장교에서 한발 더 나아가 교관팀장까지 맡게 되었다. 특전사 707부대원을 양성하고 우리나라의 모든 특수부대, 외국 특수부대, 국가정보기관 등 내로라하는 이들을 교육하는 교관이 된 것이다. 근무하는 동안 교안과 교육체계를 정립하는 데 내가 가진 모든 역량을 쏟아부었다.

707부대에서 근무했던 기간은 내 군생활 중 가장 화려하고 행복하며 자랑스러운 시기이다. 군인으로서도, 조직의 관리자로서도 많은 것을 배울 수 있는 기회의 시간이었다.

그날, 부대 입구에서 다짐했던 것처럼 나는 살아남았고, 대한민국 최정예 부대에서 최고가 되었다. 목표를 이뤘기에 더 이상 부러울 것이 없었다. 하지만 그냥 얻어진 성과는 아니었다. 나는 꿈을 꾸었고, 준비했으며, 노력했다. 그리고 당당히 실력으로 이루어냈다. 최선을 다한다는 것은 이런 것이다.

# 아이스크림과 바꾼 4시간

✧

초등학생 때 우리 집은 읍내에서 버스로 한 시간이 걸리는 두메산골에 있었다. 학교는 읍내에 있었다. 버스는 아침, 점심, 저녁으로 하루에 딱 세 번만 다녀서 버스를 놓치면 학교까지 걸어서 가야만 했다. 초등학교 1학년 때부터 하루 용돈으로 300원을 받았다. 200원은 왕복 버스비였고, 100원은 군것질용이었다.

어느 더운 여름날, 학교수업을 마치고 집으로 가는 버스를 기다리던 중이었다. 뜨거운 햇살 아래 있다 보니 아이스크림 생각이 절로 났다. 일단 주머니에 있던 200원 중 100원을 꺼내 아이스크림 하나를 사 먹었다. 그야말로 100원의 행복이었다. 입안 가득 베어 문

아이스크림이 사르르 녹는 그 시간만큼은 세상을 다 가진 듯했다.

그런데 그 행복도 잠시, 다 먹고 나니 금세 또 먹고 싶어졌다. 하지만 수중에 남은 돈은 100원. 이걸로 아이스크림을 사 먹으면 집에 갈 차비가 없다. 학교에서 우리 집까지는 20리 길. 장장 8킬로미터를 걸어서 가야 한다.

'까짓것 걸어가지, 뭐. 산과 들과 강을 따라 걸어가는 것도 재미있지 않을까?'

콧노래를 부르며 아이스크림을 한 손에 들고 발걸음을 뗐다. 강을 따라 걸으며 버스 차창으로 스쳤을 마을, 들, 산을 가까이 만났다. 어제도 오늘아침에도 지나친 풍경이었는데 무척이나 새롭고 흥미로웠다.

집에 도착하니 어느새 날은 어두워져 있었다. 꼬박 4시간이 걸렸던 것 같다. 아이스크림 하나와 바꾼 고된 걸음이었지만 20리 길도 충분히 걸을 만했다.

그날 내 머릿속에는 또 새로운 동네 지도가 새겨졌다. 좀 더 넓은 세상을 내 발로 걸어가며 배울 수 있는 시간이었다. 이 세상에는 내가 모르는 풍경이 또 얼마나 많이 있을지 궁금해졌다. 여덟 살 꼬마는 그날 이후 걷기에 자신감이 생겼고, 새로운 일을 해보는 것이 두렵지 않았다. 아니, 오히려 도전을 이루었을 때 오는 즐거움을 맛보았다.

좀 더 넓은 세상을 내 발로 걸어가며 배울 수 있는 시간이었다.
이 세상에는 내가 모르는 풍경이 또 얼마나 많이 있을지 궁금해졌다.

# 악으로 깡으로

✧

모든 팀원이 부대 앞 횟집에 모였다. 나의 환영식 자리였다. 회식이란 늘 그렇듯 술이 빠질 수 없다. 하지만 나는 술을 잘 못 마신다. 사람들은 내 몸만 보면 박스로 갖다 놓고 마실 것 같다고 하는데, 실은 샴페인 한 잔에도 금세 얼굴이 붉어질 정도로 주량이 약하다.

그러나 어쩌겠나, 오늘은 나를 위한 자리다. 아니, 나를 시험하는 자리다. 그러니 어떻게든 버텨야 한다. 팀의 막내가 반갑다며 맥주잔에 소주를 가득 따라 부었다.

'이것 봐라? 드디어 시작인 건가? 이건 분명 내가 특전사로서 깡이 있는지 없는지를 보려는 것이다.'

잔뜩 궁금해하는 눈빛으로 쳐다보는 팀원들에게 강한 인상을 남기고 싶었다. 따라준 잔을 단숨에 들이켰다. 순간 속에 불이 나고 목이 타들어가는 것만 같았다. 그래도 꾹 참았다.

하지만 그것은 끝이 아니라 시작이었다. 잔을 내려놓자마자 기다렸다는 듯이 그다음 팀원이 일어나 또다시 맥주잔에 소주를 가득 채웠다. 나는 또다시 단숨에 비웠다.

그렇게 10명의 팀원이 차례대로 돌아가며 잔을 채워주었고, 채 한 시간도 안 되어 맥주잔으로 10잔의 소주를 마셨다. 그 자리에 그대로 앉아 있는 것만으로도 기적 같은 일이었다. 나의 모든 의지와 정신력을 동원해 이성을 붙들고 있었다.

이번에는 내가 팀원들에게 한 잔씩 따라주었다. 이렇게 환영주가 세 바퀴쯤 돌았을 때 나는 거의 기절 직전이었다. 다행인 것은 팀원들도 많이 취해 보였다는 것이다. 분위기를 살피며 마지막까지 죽도록 버텼고 아무렇지도 않은 듯 계산하고 가게를 나왔다.

팀원들을 모두 보내고 난 뒤에야 가게 뒤편으로 돌아가 그만 털썩 주저앉았다. 나는 혼미한 상태에서 같은 방 동기에게 전화를 걸어 데리러 와달라고 부탁했다. 마치 치열한 전투를 끝낸 전사 같은 심정으로 생각했다. '이 정도면 팀원들에게 강해 보였겠지?' 그리고 그대로 정신을 잃었다.

지금 생각하면 너무나 무식하고 의미 없는 객기다. 하지만 그런

문화 역시 그 시절, 특전사라는 이름에 따르는 나름의 호기였고, 팀원들과 관계를 쌓는 흔한 과정이었다.

호된 환영식(신고식)을 치르고 난 다음 날. 눈을 떴을 때 목에서 피 맛이 났다. 속은 쓰리고 아파서 말이 아니었다. 부대 출근 시각은 새벽 6시였다.

겨우 정신을 차리고 출근해보니 아침 체력단련은 산악구보였다. 헛웃음이 나왔다. 역시 특전사는 호락호락하지 않았다. 신고식은 어젯밤 술자리가 아니였다. 바로 이것이 진짜 테스트였던 것이다. 분명 팀원들은 오늘 아침에 산을 뛴다는 것을 이미 알고 있었을 것이다. 내가 산악구보에서 낙오하면 어제 보인 것은 허세를 부린 것에 불과하게 된다.

내가 진짜 어떤 놈인지 여기서 제대로 보여줘야 했다. 나는 이를 악물고 쓰러질 각오로 뛰었다. 하지만 얼마 못 가서 어제 남은 숙취가 올라와 속이 뒤틀리기 시작했다. 숨이 차고 머리가 깨질 것처럼 아팠다. 고비의 순간이 올 때마다 몇 번이고 참고 또 참았다.

'나는 특수부대원이다.'

'나는 최강의 특전사다'

'보여준다, 내가!'

몇 번이고 되뇌며 뛰고 또 뛰었다. 몇몇 팀원은 중간에 구토하느라 멈추기도 했다. 내가 뒤처지기는커녕 너무 빨리 뛰어서 내 페이

스를 따라오지 못한 것이다. 결국 그날 산악구보 1등은 나였다.

도착하자마자 그대로 바닥에 드러누웠다. 정말이지 모든 것을 다 쏟아낸 듯한 스스로가 뿌듯해 희열이 올라왔다. 내가 얼마나 독한 놈인지를 증명해 보였다. 특전사의 깡을 말이다. 신고식을 마친 나를 모든 팀원이 거수경례로 뜨겁게 맞아주었다. 할 수 있어서가 아니다. 깡은 하게 만든다.

내가 진짜 어떤 놈인지 여기서 제대로 보여줘야 했다.

나는 이를 악물고 쓰러질 각오로 뛰었다.

'나는 특수부대원이다.'

# 다시는 같은 실수를 하지 않겠다는 다짐

내가 워낙 강한 이미지여서일까? '살면서 가장 힘들었던 순간이 언제였냐'라는 질문을 종종 받는다. 아마도 상대방은 군대에서 지독하게 훈련받았던 에피소드나 파병 갔을 당시의 극한 경험을 기대했을 텐데, 내 대답은 그 기대를 비켜 간다.

누군가에게는 불편한 말이 될 수도 있지만, 감히 말하건대, 지금까지 살면서 육체가 힘들어서 견딜 수 없었던 적이 단 한 번도 없다. 오랜 시간 훈련한 덕분인지 아니면 타고난 것인지 모르겠는데, 나는 몇 날 며칠 동안 잠을 자지 않고 먹지 않아도 견딜 만했다. 심장이 터질 듯하고 목에서 피 맛이 느껴질 정도로 극한의 고통임은 분명했지만 끝이 있다는 것을 알기에 견딜 수 있었다.

살면서 진짜 힘들었던 순간은 소중한 사람이 내 곁을 떠났을 때였다. 그때는 심장이 멈출 것처럼 힘들었다. 내가 상대에게 잘해주지 못했던 기억이 끊임없이 나를 괴롭혔다. '경상도 남자라 표현에 인색해서, 직업 군인이라서' 같은 이유로 많은 말을 아꼈다. 좀 더 잘해줄걸, 좀 더 공감해주고 표현할걸……. 후회하고 또 후회했다.

힘들었지만 주저앉지 않고 일어날 수 있었던 건, 다시는 같은 실수를 반복하지 않을 것이라고 다짐해서다. 달라질 수 있다는 희망이 있었다.

다행히 내 인생에, 내 곁에 소중한 사람이 찾아왔다. 그리고 똑같은 후회를 하지 않도록 하루하루 내 마음을 넓혀가며 곁에 있어준 고마움을 표현하고 있다.

살면서 진짜 힘들었던 순간은 소중한 사람이 내 곁을 떠났을 때였다.

그때는 심장이 멈출 것처럼 힘들었다.

내가 상대에게 잘해주지 못했던 기억이 끊임없이 나를 괴롭혔다.

# 작은 행복에도 크게 감동할 줄 아는 능력

✧

부끄럽지만 지금껏 나를 아는 사람들에게서 '식스센스 급 반전 매력의 소유자'라는 말을 자주 들었다. 도대체 내가 어떻게 보이는지 궁금할 정도로 '겉모습과 다른 나'에 대해 주변 사람들이 더 놀라워한다.

그중 하나가 '감수성이 풍부한 면'이다. 사실 내가 처음부터 감수성이 풍부했던 것은 아니다. '이렇게 살면 안 되겠다' 싶어서 숨어 있는 감수성을 깨우고자 학습하고 노력한 결과이다.

스무 살 때, 지금의 아내를 처음 만나 고백했다. 사귀자는 말을 경상도 식으로 "니 내 좋나?"라고 물었는데, 돌아온 반응은 그다지 긍정적이지 않았다. "널 좋아하는지 왜 나한테 묻는 거야?"라며 의아

해했다. 서울 사람이었던 아내로서는 경상도식 고백이 낯설게 들릴 수밖에 없었으리라.

표현에 서툴렀던 나이지만 감동하는 능력에는 자신있는 편이다. 큰 행복은 물론, 소소한 행복에도 크게 감동한다. 내가 친절히 맞아준 사람이 나에게 감사할 때, 내가 누군가를 위해 솔선수범할 때, 그 일이 잘 진행되어 인정받을 때, 나로 인해 주변 사람들의 상황이 더 나아졌을 때, 내게 주어진 일을 완수하고 제 역할을 해냈을 때 행복하다.

그리고 아내를 만나고 두 딸이 태어나고, 남편으로서 아빠로서 마음껏 사랑을 퍼부어줄 때 행복하다. 지금까지처럼 앞으로도 나의 도전정신과 의지가 행동으로 만들 만큼 여전히 뜨겁게 가슴이 뛰고 있음에 행복하다. 무엇보다 그 어떤 일이든, 그 무슨 일이든 나는 할 수 있다는 사실이 행복하다.

지금까지처럼 앞으로도 나의 도전정신과 의지가

행동으로 만들 만큼 여전히 뜨겁게 가슴이 뛰고 있음에 행복하다.

# 열정적이지 않은 사람에게는 슬럼프도 없다

✧

어떻게 매일, 매순간이 마냥 좋을 수 있을까. 나도 가끔 '슬럼프인가?' 싶을 때가 있다. 워낙 도전이나 돌파에 익숙한 이미지이다 보니 장애물 넘듯 슬럼프를 쉽게 극복할 것 같지만 그렇지 않다.

내 선택이었으나, 더 이상 군복을 입고 국가를 위해 일할 수 없음을 받아들여야 했을 때 큰 슬럼프를 겪었다. 10년간 안보를 위해 힘쓰고, 안전을 위해 산을 넘고, 하늘에서 뛰어내리고, 물속을 헤엄치고 다니던 젊은 날의 열정과 패기를 접어야 했을 때 낙심했다. 인생 최대의 불안감과 슬픔을 느꼈다.

슬럼프라는 생각이 들 때 나는 그냥 슬럼프를 받아들인다. '내가 왜 이럴까?'라는 생각이 꼬리에 꼬리를 물면 정신적으로 더욱더 힘들어지기 때문이다. 스트레스가 커지고 자존감이 한없이 낮아지고 늪에 발이 빠진 것처럼 점점 더 우울감이 깊어질 뿐이다.

지금도 가끔 무기력할 때, 열정이 식은 것 같을 때, 체력이 예전 같지 않을 때 좌절감이 예고도 없이 불쑥 찾아온다. 그럼 나는 '아! 슬럼프구나' 하고 인정하고 억지로 벗어나려고 싸우지 않고 잠시 쉬어간다. 슬럼프에 빠진 채 안 되는 일들을 계속하기보다 슬럼프라고 받아들인 후 마음을 가라앉히고 충전하는 시간을 갖는다. 구체적으로 실내에서는 명상하고, 차를 마시고, 멍하니 시간을 보낸다. 또는 무작정 외출해서 바람을 쐰다. 그렇게 나에게 여유를 선물한다.

슬럼프는 내가 어떤 일에 열정을 품고 악착같이 정진해나가다 걸리는 일시적인 브레이크이다. 아무리 단련이 잘된 근육도 계속해서 쓰거나 단시간에 과하게 쓰면 근육 경련이 일어나기 마련이다. 그러면 아무것도 할 수가 없다.

그런 상태에서 뭉친 근육을 풀기 위해 무리하면 고통만 더해질 뿐 절대 풀리지 않는다. 그럴 때는 다리를 심장보다 높이 들고 혈액이 충분히 공급될 수 있도록 충분한 시간을 가져야 한다. 그러면 천천히 얼음이 녹듯이 혈액이 다시 돌기 시작하면서 뭉친 근육이 서서히 풀린다.

슬럼프 극복도 마찬가지이다. 휴식도 일이다. 마라토너가 완주를 위해 컨디션을 조절하듯 일과 휴식을 적절히 배치해야 한다. 목표 지점까지 도달하는 시간이 조금 늦어지더라도 잠시 멈출 수 있는 용기가 필요하다. 내가 포기만 하지 않는다면 다음 기회는 얼마든지 찾아온다. 아니, 내가 기회를 만들면 된다.

# 하루의 시작을 새벽 5시로 했을 때

방송활동을 시작하면서 지금까지 접하지 못한 생활습관으로 사는 사람을 많이 만났다. 특히 생활패턴이 나와는 정반대로, 늦게 일어나서 새벽에 잠드는 올빼미형이 많았다. 그들은 아침 일찍 일어나는 나를 무척 신기해했는데, 오히려 나는 그들이 신기했다. 해가 떴는데 침대에 누워 있는 것도 아니고 잠을 잔다니, 나로서는 그게 더 어려운 일이다.

나는 17살 때부터 지금까지 내 기상시각은 새벽 5시였다. 고등학생 때는 공부하느라, 대학생 때는 신문 배달하느라 새벽 5시에 일어났다. 군대에서는 하루를 더 길게 사용하고 싶어서 새벽 5시에 일어났다.

누가 시킨 것도 아니고, 꼭 이 시간에 기상해야 할 이유도 없지만 지금도 나는 새벽 5시에 어김없이 눈뜬다. 육아와 일을 병행하니 새벽 시간이 더 소중하다.

러닝이나 가벼운 운동으로 하루를 시작하는 것은 내 오랜 습관이다. 아이들이 태어난 이후 운동하는 시간을 줄이고 아이들과 보내는 시간을 최대한 늘렸다. 주로 딸들이 일어나기 전에 가벼운 운동을 하고 온다.

새벽 5시에 일어난다고 수면시간이 부족하진 않다. 새벽에 일찍 일어나기 위해 12시 전에는 꼭 취침한다. 음주와 흡연을 하지 않기 때문에 모범 답안 같은 생활이 가능할지도 모르겠다.

일찍 일어나면 남들보다 하루를 더 길고 유용하게 사용할 수 있을 뿐 아니라 정신과 육체도 건강해진다. 무엇보다 새벽 기상을 하면 하루 24시간이 얼마나 많은 일을 할 수 있는 시간인지 놀라게 될 것이다.

일찍 일어나면 남들보다 하루를 더 길고 유용하게
사용할 수 있을 뿐 아니라 정신과 육체도 건강해진다.

# 진짜 승자는 포기하지 않는 당신

✧

〈강철부대〉라는 프로그램을 기획 과정부터 제작진과 함께했다. 대한민국에 강한 정신력과 체력을 가진 군인들이 있다는 것과 많은 특수부대가 이 나라를 지키고 있다는 것을 대중에게 알리고 싶었다. 그들의 포기를 모르는 불굴의 의지와 투지 그리고 도전정신을 보여줌으로써 삶에 지친 사람들에게, 도전정신이 부족한 학생과 청년들에게 목적의식을 심어주고 싶었다.

'대한민국 최강의 특수부대를 가리는 서바이벌 프로그램'이라는 취지에 걸맞게 다양한 고난도 미션이 준비되었고, 아무런 사전정보 없이 참가 대원들에게 현장에서 하달했다. 육체적으로 굉장히 힘든 미션들이 계속됐고, 그때마다 승자와 패자가 나왔다. 마스터인 내가 무엇보다 감동한 것은, 주어진 미션에 끝까지 포기하지 않고 완수하는 모습을 참가한 모든 팀이 보여줬다는 것이다.

그들이 끝까지 포기하지 않은 이유는 무엇일까? 부대를 대표해서 나왔다는 사명감과 책임감 그리고 함께하는 팀원들 때문이 아닐까 싶다. 임무 완수의 의지 그리고 자신과의 싸움에서 지고 싶지 않은 마음이 있었기 때문이리라. 실제로도 그랬다. 참가자들은 비록 미션에서 패했을지라도 자책하지 않고 그 상황을 받아들였다. 그리고 회를 거듭할수록 더 강인해져 가는 그들을 지켜봤다.

〈강철부대〉참가자는 모두 예비역이다. 한때 대한민국을 지켰고, 국가 비상사태 시 나라의 부름에 달려갈 사람들이다. 그들이 청춘의 한 자락에 고통을 이겨내며 국민들이 편안한 잠자리에 들 수 있도록 지켜주던 사람들이란 사실을 그들의 가족과 지인과 친구들 외에 누가 알아주었을까? 〈강철부대〉는 예비역들이 바친 청춘에 대한 보상과도 같다. 〈강철부대〉를 향한 대중의 관심과 박수는 그렇기에 더 의미가 있다.

이기고 지고의 문제가 아니라 끝까지 해내는 것이 무엇보다도 중요하다는 점을 〈강철부대〉를 통해 전해줄 수 있어 더 기쁘다. 비록 실패하더라도 그것이 부끄럽지 않다는 것을, 끝까지 포기하지 않는 사람이 진짜 승자라는 사실을 말이다.

〈강철부대〉는 예비역들이 바친 청춘에 대한 보상과도 같다.

〈강철부대〉를 향한 대중의 관심과 박수는

그렇기에 더 의미가 있다.

# 최선을 다하고도 시련이 찾아올 때

✧

2010년 5월의 일이다. 아랍에미리트연합의 아부다비 왕세자가 한국을 방문했다. 여러 날의 방문 일정 중 707부대 국가대테러훈련센터의 특전사 훈련을 참관하게 되었다. 당시 교관팀장이었던 내 지휘 하에 사격, 레펠, 진압작전 등을 선보였고 현장에서 시범을 관람한 아부다비 왕세자는 크게 감동한 기색이었다. 그 자리에서 한국군 최정예 대테러부대의 역량을 높게 평가하며 아랍에미리트에 와서 자국군을 훈련시켜줬으면 좋겠다고 말했다. 그리고 아랍에미리트연합으로 돌아간 아부다비 왕세자는 그해 8월에 정식 파병을 요청했다.

갑작스런 파병 요청에 특전사령부에 TF(Task Force, 군사와 행정 분야에서 특정 임무를 해결하기 위해 편성된 임시 조직)가 구성되었고, 특전사령관 및 고위참모들이 모인 가운데 707부대에서는 작전과장과 내가 포함되었다. 나는 특수작전팀 팀장 및 교관으로서는 유일한 대위계급이었는데, 그 당시 특전사령관님은 특전작전팀 편성에서부터 훈련계획 등 구체적인 전술팀 운용에 관한 실무를 내게 맡겼다.

최초의 파병 707의 팀장도 내가 되는 분위기였다. 무엇보다도 최정예 인원들이 파병을 가야 한다는 데 의견이 모였다. 짧은 준비기간 동안 특전사의 어떤 팀을 파병 보내는 게 좋을지, 현지에서 어떤 도움을 줄지 치열하게 고민했다. 파병이라는 국방협력의 중대한 사안이 대위인 내게 맡겨진 것도 영광인데, 최초로 파병을 가서 국위선양을 할 기회를 얻었다는 게 기뻐서 모든 역량을 쏟았다.

국회 동의를 얻어 아랍에미리트연합 파병이 통과되어 2011년 1월 아크부대 1진의 파병이 결정되었다. '아크'는 아랍어로 형제라는 뜻으로, 도움을 주는 취지대로 '형제부대'라는 이름이 지어졌다. 현지 실사와 지원 계획까지 모든 것이 순조롭게 진행되었고, 최종 파병 인원이 선정되었다. 나는 계획대로 1진 707대테러팀장으로 포함될 예정이었다. 내가 이끌 작전팀도 에이스로 다 꾸렸다.

그런데 갑자기 최종 인원 선정에서 내가 제외되었다. 내가 아니라, 707에 전입온 지 3개월 차의 신입 중대장이 팀장으로 선발되었다. 그때의 심정은 어떤 말로도 표현이 안 될 만큼 당혹 그 자체였다. 수개월간 파병을 추진하고 준비한 내가 왜 갑자기 제외된 것인지 이해할 수 없었다. 707작전과장님에게도 '유감이지만 지휘관의 뜻'이라는 대답만 도돌이표처럼 돌아왔다.

답답한 마음에 대대장실로 찾아갔다. 이유라도 확실히 알면 속이라도 시원하련만 대대장님 역시 그저 명령이니 더 이상 묻지 말라 하셨다. 답답함에 속은 타들어갔고 너무 화가 났다.

'기껏 죽도록 준비했는데 팀장에 제외되다니……. 그래, 한발 양보해서 내가 아니더라도 좋다. 최정예 작전팀을 이끌어 그들에게 한국군의 우수함을 알려야 하는데, 3개월 차 신입이 팀장이라니……. 경험이 풍부해야 최정예 작전팀을 이끌 수 있을 텐데…….'

나중에 알고 보니, 그 팀장은 육사 출신이었다. '파병 1진의 팀장'은 엄청난 경력이 된다. 결국 나는 '출신'에 밀린 것이다. 능력만으로는 안 되는 것이 있음을 그때 깨달았다. 조직에 대한 원망과 부정적 생각이 밀려왔다. 일이 손에 잡히지 않았다. 나라에 도움이 되는 일을 한다는 자부심으로 달려왔는데, 이 모든 것을 부정당하는 듯했다.

그래도 더 큰 사람이 되고 싶어 포기하지 않았다. '세상은 내 의지대로 되지 않을 수도 있다'라고 스스로 다독이고 묵묵히 나의 길을 갔다. 그리고 2년 뒤 나는 4진으로 파병을 갔다.

지금도 가끔 시련이 불쑥 찾아오곤 한다. 그렇지만 시련에 휩쓸려 무너지지 않는 방법을 이제는 안다. 노력한 시간은 결코 헛된 시간이 아님을 안다. 1진 파병을 추진했던 경험은 더 값진 결과물로 돌아왔다.

어떤 일에 최선을 다하고, 큰 기여를 하고도 아무런 대가가 없으면 허무함에 다 그만두고 싶은 마음이 들 수도 있다. 하지만 곳곳에 내 역량이 반영되어 있다는 '사실'은 변함이 없다. 그 사실을 적어도 나 자신은 안다. 잠깐 넘어진 것뿐이니 실의에 빠지지 말고 재충전의 시간으로 받아들이자. 기회는 언제든 온다.

더 큰 사람이 되고 싶어 포기하지 않았다.
'세상은 내 의지대로 되지 않을 수도 있다'라고
스스로 다독이고 묵묵히 나의 길을 갔다.

## 강철 정신력 키우는 법

정신이 육체를 지배한다는 말을 나는 믿지 않는다. 아무리 정신이 강하고 의지가 강해도 육체, 즉 체력이 받쳐주지 않으면 할 수 없다.

무거운 군장을 메고 산을 오를 때 체력이 안 돼 더 이상 올라갈 수 없을 때 '나는 올라갈 거야! 할 수 있어! 정신력으로 버틸 거야!'라고 되뇌이면 과연 정상으로 올라갈 수 있을까? 차디찬 겨울 바다에 들어가서 과연 정신력으로 24시간을 버틸 수 있을까? 절대 아니다. 아마 그 생각을 하기도 전에 기절할지도 모른다.

이것은 정신력과 상관없는 신체능력의 한계이다. 본인의 능력을 넘어서는 힘든 일은 기본적으로 체력이 되지 않으면 정신력도 소용없다. 본인이 가진 체력만큼의 정신력만 적용될 뿐이다.

보통의 정신력이 아닌 강철 멘털을 키워야 한다. 보통의 정신력이 '하고자 하는 강한 의지'라면 강철 멘털은 '두려워하지 않는 마음가짐'이다.

우리는 살면서 육체적으로나 정신적으로 많은 고난과 역경에 직면한다. 삶은 그것들의 연속이며 우리는 그 상황 속에서 끊임없이 선택한다. 새로운 도전을 계속해나갈지 아니면 그냥 포기하고 머무를지를 말이다.

남들의 시선, 결과에 대한 두려움, 도전에 대한 불안감 등으로 멘털이 약해져 있는 시대이다. 목소리가 크다고 멘털이 강한 것이 아니다. 외유내강이라는 말도 있지 않은가. 외면보다는 내면이 얼마나 강한지가 중요하다. 강철 멘털로 단련되어 있는지 아닌지는 도전 앞에서 드러난다. 우리는 보통 새로운 것을 두려워한다. 낯선 것보다는 익숙한 것을 더 좋아한다. 두려움을 이기는 훈련이 필요하다. 강철 멘털은 사소한 도전에서부터 자란다.

지금 내가 원하는 것이 있다면 주변을 살피고 배워나가야 한다. 모르는 채 있지 말고 물어보자. 그래야 얻을 수 있다. 주변 동료에게 또는 선배나 상사에게 물어보는 행동을 두려워하지 말자. 강철 멘털을 키우려면 그러한 사소한 행동부터 실행에 옮겨야 한다.

작은 도전 경험들이 모여 어느새 강철 멘털이 되어 있을 것이다. 그러면 나이가 어떻든, 환경이 어떻든 상관없이 원하고 꿈꾸는 것을 언제든 과감히 도전할 수 있다.

실패가 부끄러운 것이 아니라 도전하지 않는 것이 부끄러운 것이다. 경험하지 않으면 아무것도 얻을 수 없다. 물론 최선을 다해 도전한 일이 모두 잘되는 것만은 아니다. 생각했던 것보다 좋지 않은 결과를 가져올 수도 있다. 하지만 도전함으로써 한 뼘쯤 내면이 성장하고 멘털이 강해진다.

세상을 견딜 수 있는 아니, 세상을 이길 수 있는 자신만의 강철 멘털을 키우길 바란다.

실패가 부끄러운 것이 아니라
도전하지 않는 것이 부끄러운 것이다.
경험하지 않으면
아무것도 얻을 수 없다.

CHAPTER 2

# 강철 체력

"기준은 없다, 지치지 않고 끝까지 해내는 것뿐"

# 안 되는 것은 없다,
# 포기한 것일 뿐

✧

707부대에서 대테러지역대 1팀의 부팀장으로서 첫 체력단련이 있던 날이었다. 보급 장비를 수령했는데 조금 달랐다. 보통 군복과 총기 1정이 일반적이다. 그런데 707부대는 검은색의 군복, 방탄복, 장비 가방을 주었다. 총기는 무기고에서 수령할 수 있었다. 무기고에 가보니 수십 정의 총이 진열되어 있었다. 그중 총기 4정을 고르라고 했다. 소총 2정과 권총 2정이었다. 역시 대테러 임무를 수행하는 부대라 개인 장비부터 달랐다.

처음 보는 외국 총기들을 집어 들고 내무실로 향했다. 장비들을 정리하고 나면 곧 체력단련이 시작된다. 낯선 사내들의 틈바구니에서 묘한 긴장감이 느껴졌다.

'이 사람들은 얼마가 강할까? 체력단련만큼은 나도 어디 가서 빠지는 편은 아니니 적어도 이들만큼은 하겠지?'

다들 연병장에 모였다. 팀원들은 모두 나의 체력 수준을 궁금해하는 눈치다. 앞으로 나와 함께 작전을 수행하고 현장에 실제 투입될 텐데, 부팀장이기 이전에 본인들의 등을 맡길 만한 전우인지 궁금했을 터다.

연병장에는 철봉 15개가 나란히 있었다. 철봉 하나마다 10개씩 턱걸이를 해서 끝까지 가는 것이 한 세트였다.

'뭐? 턱걸이를 150개나 한다고?'

여기는 체력단련 수준도 달랐다. 어쨌거나 일단 시작했다. 우선 철봉에 매달렸다. 나는 10개씩 쉬엄쉬엄하면 가능할 것 같아서 그렇게 10개를 해냈다. 그리고 다음 20개, 다음 30개, 다음 40개. 하지만 여기까지였다. 더는 팔이 말을 듣지 않았다.

곁에 있던 팀원들이 다리를 잡아줄 테니 올라가라고 했다. 그렇게 도움을 받아 젖 먹던 힘까지 다 써가며 겨우 100개를 채웠다. 내가 죽을힘을 다해 10번째 철봉까지 마쳤을 무렵, 팀원들은 어느새 15번째 철봉까지 다 끝내고 다음 코스인 10개의 평행봉으로 이동해 또다시 10개씩 해내고 있었다.

이어서 10미터 외줄을 오른다. 그것이 끝나고 나면 연이어 타이어를 하나씩 걸치고 전속력으로 연병장을 가로지르며 내달린다.

'와! 이 사람들 뭐지?'

그야말로 괴물들이었다. 여태껏 이렇게 체력이 좋은 사람들을 처음 보았다. 지켜보는 내내 감탄사가 저절로 나왔다. 왜 '707, 707' 하는지를 눈으로 확인했다. 여기에서는 나 정도의 체력은 명함도 내밀 수 없었다. 나는 적잖은 충격을 받았다.

첫 체력단련을 마치고 난 뒤 선임 부사관이 내게 와서는 팀원들처럼 만들어줄 테니 믿고 함께해보자고 했다. 할 수 있다고 말이다. 그날 나는 이 팀원들처럼 될 때까지 부대를 나가지 않겠다고 결심했다.

그다음 날부터 팀원들과 함께 새벽 5시부터 밤 10시까지 하루 네 번씩 체력단련을 했고, 매일 10~20킬로미터씩 달렸다. 며칠이 지나니 몸이 너무 아프고 극심한 피로 누적에 시달렸다. 마음이 약해져 자꾸만 타협하려고 했다. 그만해도 된다고, 오늘 하루는 쉬어도 된다고 말이다. 그럴 때마다 '나 자신과 타협하지 말자!' 하고 다잡으며 스스로를 채찍질했다.

일상생활 속에서도 체력을 기르기 위해 노력했다. 점심 먹으러 갈 때 턱걸이 한 번, 평행봉 한 번, 외줄 한 번 오르기를 했고, 식사가 끝나면 기구 운동을 했다. 이런 식으로 나만의 루틴을 만들어 매일 지켰다.

그렇게 두세 달이 지나고 나니 어느새 몸이 적응했는지 불가능하게만 보였던 15개의 철봉, 10개의 평행봉, 6개의 10미터 외줄 오르기 등을 어렵지 않게 할 수 있었다. 참으로 신기했다. 불과 석 달 전만 해도 범접할 수 없는 체력의 소유자들이라 여겼는데, 이제 나도 할 수 있다니…….

결국 안 되는 건 없다. 스스로 포기하고 타협했을 뿐이다. 시작은 불가능했더라도 포기하지 않고 꾸준히 하다 보면 어느새 얻고 싶은 것을 얻을 수 있다. 결과가 그것을 증명한다.

결국 안 되는 건 없다.

스스로 포기하고 타협했을 뿐이다.

# 주머니 속 송곳은 처음부터 뾰족했을까?

✧

707부대에서 하는 체력평가 중 백호순환체력이라는 종목이 있다. 평지, 건물, 장애물, 산악 등 38종 코스의 장애물을 극복해내는 악명 높은 평가이다. 백호순환체력 종목은 강철 체력으로 이름난 707대원들도 상당히 힘들어한다.

더군다나 모든 코스를 30분 이내에 돌파해야 한다. 그 시간 안에 쉬지 않고 뛰면서 38종의 장애물을 극복하기란 쉽지 않은 일이다.

하지만 나는 이런 극한의 기회일수록 잘 활용해야 한다고 생각했다. 모두가 힘들어하는 그때야말로 진정한 나의 진가를 보여줄 수 있는 절호의 기회이다. 최고의 부대에서 최고가 되기 위해서는 뭔가 보여줘야 했다.

내 앞 순서로 시작해 코스를 마친 대원들은 모두 거친 숨을 내쉬며 도착점에 쓰러져 드러누웠다. 거품을 물며 상당히 괴로워하는 대원도 있었다. 드디어 내 차례가 왔다. 나는 출발 소리와 함께 뛰었다.

초반 장애물들은 비교적 빠르게 통과해냈다. 그런데 중간쯤 지나니 속도가 점점 처졌고, 산으로 들어서서 오르막을 만났을 때는 허벅지가 터질 듯했다.

'이때다! 분명 모두 이쯤에 힘들고 괴로웠을 것이다. 그러니 나는 여기서 더 속도를 내야 한다.'

나는 더욱 이를 악물었다. 걷고 싶은 마음이 굴뚝같았지만, 오히려 뛰었다. 심장이 터질 것 같았고 침이 흘렀다. 그래도 멈추지 않았다.

그렇게 마지막까지 온 힘을 다해 뛰었고, 종착점에 도착해 종을 치고 난 후 그대로 쓰러졌다. 그 상태로 10여 분간 누워 있었다. 말 그대로 거품을 물고 호흡을 가다듬었다.

바닥에 누운 채로 내 기록을 들었다. 20분 19초였다. 그 전까지의 최고 기록은 21분이었다. 내가 최고 기록을 갱신한 것이다. 중위 장교가 20분 만에 들어왔다는 사실에 모두 깜짝 놀랐다. 부대 내에 이 소식이 알려지자 다들 믿을 수 없다는 표정이었다. 근처 다른 팀에서도 누구인지 궁금했다며 나를 찾아오기도 했다.

그날 나는 장교 최초로 1등을 차지했고, 707부대장님께 표창으로 특수교육 선택권을 부여받았다. 보통 장교들은 특전사의 특수교육을 전부 다 참여할 수는 없다. 직책에 맞는 교육만 이수하는 것이 일반적이다. 그런데 나는 포상으로 특수교육을 받을 수 있는 자격을 부여받은 것이다. 특수교육 선택권으로 점프마스터, 스쿠버, 고공강하 교육을 모두 이수했다. 707부대에 있는 장교 중 모든 특수교육을 이수한 사람은 유일하게 나 한 명뿐이다.

만약 내가 체력단련을 게을리했거나 꾸준히 준비하지 않았다면 잡지 못할 기회였다. 최고의 부대에서 최고가 되고 나니 인정을 받았다. 인정을 받으니 나 스스로 더욱더 열심히 노력하게 되었다. 그 노력은 더 많은 기회를 불러왔다. 노력의 멋진 선순환이다.

# 불안하고 초조할수록 내려놓는다

✧

2009년 1월, 10시간의 비행 끝에 레바논 베이루트 공항에 내렸다. 공항은 항상 테러 위험성이 높다. 새벽 시간을 맞춰 이동했고, 먼저 파병 나온 앞 진의 보호를 받으며 주둔지로 향했다. 그날, 피부에 와닿은 베이루트의 온도와 습도가 아직도 생생하다.

'중동의 파리'라고 불릴 만큼 아름다운 지중해 도시 베이루트. 이 평화롭고 아름다운 도시가 분쟁에 휩싸여 이전 모습을 찾아볼 수 없을 정도로 삽시간에 파괴되다니 안타까웠다. 창밖으로 폐허가 된 시가지의 모습을 보며 UN군으로서의 역할을 잘 수행해야겠다고 다짐했다.

## 긴장을 늦출 수 없는 일상

내가 4진으로 파병왔을 때는 한국군이 레바논에 주둔한 지 2년이 다 되어가는 시점이었다. 주둔지는 철조망과 콘크리트로 된 높은 방호벽으로 둘러싸여 있었고, 컨테이너 수십 동이 늘어서 있었다. 학교 운동장 크기 정도 되는 이곳에서 수개월 동안 300여 명이 동고동락하며 작전을 수행해야 한다.

일주일간의 인수인계 기간을 거치고 3진 팀원들과 인사를 나눴다. 그들은 한국이 그리운지 고국에 대한 소식을 묻고, 먹고 싶은 음식이나 만나고 싶은 사람 등에 대해 이야기했다. 고국을 떠난 지 오래여서인지 빨리 귀국하고 싶어 하는 눈치였고, 도착한 지 며칠 안 된 나는 새로운 곳에서의 생활이 설레어 흥분된 상태였다. 서로 간 온도 차이가 있었지만, 대화 분위기는 훈훈했다.

드디어 첫 작전을 나가는 날. 방탄복과 방탄모를 입고 소총과 권총을 휴대하고 실탄을 200여 발 넣었다. 장비로 인해 몸무게가 20kg이나 더해졌다. 방탄차량에 탑승한 뒤 테러 첩보를 참고하면서 주파수 교란 장치를 가동하고 작전을 나갔다.

우리에게는 IED라고 부르는 급조폭발물이 가장 큰 위협이었다. 사제폭발물 IED는 무장 테러 단체들이 자주 쓰는 수법으로 비닐 같은 것에 넣거나 차량에 설치해서 휴대폰이나 무선 장치 등을 이용해 원거리에서 폭파한다. 이동하는 경로에 무선 전파를 차단하면서 지나가야 폭탄 테러로부터 안전해질 수 있다.

이전에도 차량을 이용한 폭탄 테러가 여러 번 일어났다. 도로를 지날 때마다 주변에 있는 쓰레기 중 하나가 혹시 폭발물은 아닐까 하는 생각에 너무나 긴장되었다. 차를 타고 지나가는 것이 이렇게 힘들고 두려운 일이었던가.

테러 첩보가 강화되면 팀원들의 무장도 점점 더 무거워지고 강해진다. UN군 부대 밖에서는 방탄차량에서 내릴 수 없으며 멈추지 않고 지속적으로 가야 한다. 테러의 표적이 되지 않기 위한 최소한의 방법이다.

## 마음챙김으로 불안 내려놓기

우리는 13명의 전체 팀원이 동시에 작전을 나가는 날보다 2명 또는 4명이 조를 편성에 움직이는 날이 더 많았다. 팀장인 나는 현장에 나간 팀원들이 무사히 돌아올까 노심초사하는 날이 대부분이었다. 도처에 위험이 도사리고 있기에 돌아오지 못할 수도 있어 늘 불안했다.

나는 불안할 때마다 명상을 했다. 감정을 조절하고 마음의 평안을 얻기 위해서였다. 명상하고 나면 마음이 한결 차분해졌다. 명상을 통해 파병지에서의 불안했던 마음을 극복할 수 있었다.

지금도 아침에 눈뜨면 매일 5분 정도 명상한다. 해결해야 할 일이 있을 때 긴장하고 초조해지는 것은 당연하다. 이때 나 자신을 압박하기보다는 불안한 마음들을 잠시 내려놓고 명상을 해보자. 경험상 내가 해야만 한다고 생각했던 10가지 일 중에 8가지는 하지 않아도 되는 것이었다. 또한 그중에는 어차피 내 힘으로 할 수 없는 일도 있었다.

명상은 불필요한 걱정들을 하나씩 내려놓게 한다. 흐르는 물소리에, 새소리에, 바람소리에 집중해보자. 복잡한 마음을 내려놓으면 어느새 평화로운 마음이 스며든다. 그렇게 마음을 다스리다 보면 허둥대지 않고 더 차분히 해야 할 일을 잘 해결할 수 있게 된다.

나 자신을 압박하기보다는
불안한 마음들을 잠시 내려놓고 명상을 해보자.
경험상 내가 해야만 한다고 생각했던 10가지 일 중에
8가지는 하지 않아도 되는 것이었다.

없다고 생각하면
있는 것도 안 보인다

✧

특전사 특수임무대 고공팀장 대위로 근무하던 시절 중동으로 파병을 떠난 적이 있다. 파병지는 사막 위의 기적으로 유명한 도시 두바이가 있는 아랍에미리트(UAE)였다. 한국군의 파병 목적은 아랍에미리트의 알아인이라는 도시에 주둔하면서 아랍에미리트 특전사와의 연합훈련을 통해 상호 군사 교류를 하는 것이었다.

## 상공 2만 5,000피트

한국군은 육군 특전사와 해군 UDT 대원들이 파병 임무를 수행했고, 나는 그중 고공팀을 맡았다. 고공팀장으로서 팀원 12명과 함께 6개월간 고공침투 훈련을 하게 되었다.

고공침투 훈련은 스카이다이빙 기술을 이용한 군사침투 훈련의 한 종류이다. 간단히 말하면 하늘에 떠 있는 비행기에서 낙하산을 메고 뛰어내려 목적지에 착지해 추가 임무를 수행하는 것이다. 상공 2만 5,000피트(약 8,000미터)로 에베레스트산 정상과 맞먹는 높이에서 뛰어내려 낙하산을 펴면 60킬로미터까지 날아갈 수 있다. 즉 서울에서 춘천까지의 거리를 날아갈 수 있는 것이다.

## 사막에서의 2박 3일, 그늘 확보

여러 훈련이 끝나고 마지막에는 사막에서 실시하는 생존 및 전술훈련을 한다. 아랍에미리트는 도시에서 10분 정도만 벗어나면 사막이 시작된다. 사막은 척박하다기보다는 황량하다는 말이 더 어울리는 곳이다. 사방을 둘러봐도 모래 말고는 아무것도 없다.

임무가 주어지면 어디서든, 무엇이든 해야 하는 것이 군인이다. 우리가 낙하산을 메고 떨어진 곳은 사막 한가운데였다. 우선은 작전을 수행해야 하는 목적지까지 사막을 걸어야 했다. 더한 것도 했는데 걷는 것쯤이야 뭐가 어렵겠나 생각했다.

그런데 마음과는 달리 한 걸음, 한 걸음 내디딜 때마다 모래 속으로 발목까지 푹푹 빠졌다. 그냥 걷기만 하는데도 힘이 들었다. 그리고 여긴 사막이다. 아침 최저기온이 30도이고, 해가 뜨기 시작하면 순식간에 50도까지 올라간다. 그런 땡볕 아래에서 3시간쯤 걷고 나서야 우리가 은거할 위치에 도착했다. 이제 여기에서 2박 3일(72시간) 동안 어떻게든 살아남아야 한다.

가장 먼저 이 빌어먹을 살인적인 햇볕을 피해야 했다. 주위를 살펴보니 온통 모래밭 아니, 모래 능선뿐이었다. 일단 모래 언덕 중 가장 높은 곳을 골라 올라가보았다. 그곳에서 내려다보니 그늘이 보였다. 모래 언덕이 햇볕을 가려 능선 반대쪽에 생긴 그늘이었다.

나는 곰곰이 방위각을 그려보았다. 동서남북, 해가 뜨고 지면서 그늘이 얼마만큼 생길지, 가장 오랫동안 햇볕을 피할 수 있는 지형이 어디인지를 파악했다. 그리고 가장 높은 언덕 아래에 있는 덤불을 발견했다. 바로 내가 찾던 곳이었다.

가장 높은 모래 언덕을 올랐다. 물론 쉽지 않았다. 그렇다고 해서 가만히 있을 수는 없지 않은가. 생존하기 위해 그 정도는 감수해야 한다. 모래 봉우리에 올라보니 사막의 지형들과 모습들이 한눈에 들어왔고 내가 어디로 가야 할지 어디에 은신해야 할지를 알 수 있었다. 그리고 우리 팀은 내가 찾은 그늘에서 덤불 아래의 모래를 팠다. 엉클어진 덤불이 어느 정도 그늘을 만들어주어 조금이라도 더 위를 피할 수 있었고 몸을 숨기기에도 좋았다.

## 사막에서의 2박 3일, 식량 확보

뜨거운 사막의 생활은 이렇게 시작되었다. 햇볕을 피하고 나니 살 것 같았다. 이제 먹을 것만 해결하면 된다. 사막에는 먹을 것이 뭐가 있을까? 있기는 한 걸까? 주위를 둘러보았지만 아무것도 보이지 않았다. 그저 끝없이 펼쳐진 모래와 가시덤불밖에 안 보였다.

그렇게 한참을 멍하니 모래언덕을 바라보고 있던 그때 모래언덕 어딘가에서 언뜻 반짝이는 물체가 보였다. 그것이 한 번 더 반짝이더니 마치 물에서 물고기가 튀어 오르듯이 팔딱였다. 나는 두 눈을 크게 뜨고 그 물체에 가까이 다가갔다. 모래 속을 뛰어다니며 빠르게 움직이고 있는 그것은 바로 도마뱀이었다. 손바닥만 한 생물체가 사막을 자유자재로 오가며 놀고 있었다. 자세히 살펴보니 여러 마리가 있었다. 도마뱀 같은 그 동물은 현지인들이 '데저트피시' 또는 '샌드피시'라고 부르는 동물이었다.

우리는 맨손으로 사투 끝에 10마리 정도를 잡았다. 생각보다 빠르고 날렵해서 한번 모래 속으로 들어가면 잡기가 어려웠다. 데저트피시가 모래 밖으로 나왔을 때 순간적으로 잡아야 한다. 그렇게 어렵사리 식량(?)을 확보한 뒤, 주위에 흩어진 죽은 나무 조각들을 모아 모닥불 화로를 만들어 불을 피웠다. 데저트피시 맛은 생각보다 괜찮았다. 예전에 먹어본 뱀보다 훨씬 나았다. 이렇게 식량도 해결하고 나니 사막에서의 생존이 두렵지 않았다.

내가 처한 환경이 좋지 않다고 낙심하기보다는 현실을 받아들이고 부딪쳐 극복하려고 할 때 어떤 식으로든 해결할 수 있는 길이 나온다. 내가 서 있는 곳에서 상황부터 파악해야 한다. 그러면 어디서부터 무엇을 해야 할지 방법이 나온다. 아무것도 없을 것 같던 사막에도 그늘이 존재하고, 먹을 것이 있었다. 찾아보면 해결책이 있다.

# 그래도 사막의 밤은 아름다웠다

에너지 소모를 최소화하기 위해 배낭을 풀지 않고 모랫바닥에 앉아 쉬고 있었다. 어느덧 해가 지고 종일 뜨거웠던 사막에 어둠이 찾아왔다. 사막의 밤은 어떨지 몹시 궁금했다.

그런데 어두워질수록 심상치 않은 기운이 느껴졌다. 한낮에는 그토록 뜨겁던 사막이 점점 얼어붙는 듯했다. 사막의 밤은 온도가 낮다고는 알고 있었지만 이렇게 급격하게 기온이 떨어질 줄은 몰랐다. 그저 시원할 정도라 생각했는데 이 정도면 새벽에는 상당히 추워질 것 같았다.

기온 차가 10도 이상 나면 신체에도 심각한 무리가 온다. 자칫 저체온증이 올 수도 있다. 우리는 일어나 모래를 파기 시작했다. 땅속으로, 아니 모래 속으로 들어가야 한다. 그런데 모래를 파내도 자꾸 무너져 내렸다. 곱고 마른 모래이다 보니 잘 파지지 않았다.

지체해서는 안 된다. 가지고 있던 옷가지 등 모래주머니로 쓸 만한 것을 총동원해 모래를 담아 진지를 쌓듯이 가장자리에 쌓아 올렸다. 3~4명이 들어갈 수 있는 비트(임무를 위해 땅을 파 몸을 숨기는 공간)를 만들었다.

사막은 하루에도 여러 번의 모래폭풍이 분다. 앞이 보이지 않을 정도로 먼지바람이 아주 세차가 불어댄다. 강할 때는 유리창이 깨질 정도의 세기이다. 비트를 만드는 목적은 사막의 추위를 피하고 모래폭풍으로부터 몸을 보호하는 것이다. 우리는 필사적으로 비트를 구축했다.

또다시 모래폭풍이 불어왔다. 저 멀리서부터 아주 거대한 황색 파도들이 천천히 몰려오고 있었다. 우리 눈에 천천히 보일 뿐 사실은 굉장히 빠른 속도로 다가오는 것이다. 무서울 정도의 폭풍이다. 태어나서 처음 본 광경이었다.

우리는 황급히 비트 안으로 몸을 숨겼다. 모래폭풍이 우리 쪽으로 다가왔다. 모래가 부딪히는 소리가 요란하게 들렸다. 엄청난 소음은 30분가량 이어졌다. 모래폭풍이 지나가고 난 뒤 슬그머니 머리를 밖으로 내밀어보려 했지만 쉽지 않았다. 우리 위로 모래가 엄청나게 쌓여 움직이기 불편했다. 모래더미에 갇혀버릴 만큼, 지형이 바뀔 만큼 모래폭풍의 위협은 대단했다.

사막에서의 밤은 적막하기 이를 데 없었다. 불빛 하나 없고 캄캄해서 당연히 아무것도 보이지 않는다. 그런데 올려다본 하늘은 달랐다. 무수히 많은 별이 하늘을 수놓고 있었다. 마치 별 모양의 조명을 온 하늘에 달아놓은 듯했다. 너무 아름다웠다. 그리고 너무도 선명했다. 사막에 빛이 없는 것이 아니었다. 하늘의 수많은 별이 사막을 비추고 있었다. 사막에서 치열하게 살아남으려고 애쓰는 중에서도 사막의 밤은 아름다웠다.

## 사막에서의 2박 3일, 식수 확보

새벽의 사막은 상상한 것 이상으로 추웠다. 마치 혹한기 훈련을 하는 듯했다. 두꺼운 외투로 몸을 꽁꽁 싸맨 채 잠을 잤다. 잠을 잤다기보다는 버텼다. 그렇게 사막의 밤을 무사히 보내고 난 뒤 우리는 아침을 맞았다.

드디어 식수를 획득할 시간이다. 전날, 식량과 휴식처를 찾는 데는 성공했지만 식수를 확보하지 못했다. 선인장도 찾기 어려웠고, 살아있는 식물이라곤 덤불밖에 없었다. 덤불 줄기에 소량의 수분이 있지만 목을 축일 만큼은 못 되었다. 최악의 상황이라면 소변을 이용하는 수도 있다. 하지만 소변은 갈증을 더 증폭시키므로 가장 최후의 수단이어야 한다.

사막의 기온 차를 고려했을 때 비트 안의 천장을 비닐로 감싸고 경사를 주면 아침에 그곳에 이슬이 맺힌다. 그렇게 맺힌 물방울로 목을 축이면 충분한 양은 아니어도 어느 정도 갈증이 해소된다. 우리는 일단 그 이슬로 식수를 대신했다.

이렇게 버텨보니 더는 사막이 두렵지 않았다. 사막에서의 생존도 얼마든지 할 수 있다는 희망과 자신감이 생겼다. 우리는 그렇게 72시간 동안 모래를 파고, 도마뱀을 잡아먹으며, 이슬로 목을 축이며 버텼다. 그리고 또다시 목적지를 향해 걸었고, 작전과 임무를 수행했다. 사막에서의 경험은 내게 세상 어디에서도 살아갈 수 있다는 자신감을 주었다. 나는 한 번도 내가 처한 환경을 탓해본 적이 없다. 처한 환경이 좋았다는 말이 아니다. 내가 경험해보지 못한 환경들을 극복해냈을 때의 기쁨을 좋아할 뿐이다. 큰 어려움을 이겨본 사람은 다른 어려움을 넘길 또 다른 힘이 생긴다. 그만큼 돌파하고 적응하는 동안 또 한걸음 성장하기 때문이다.

나는 한 번도 내가 처한 환경을 탓해본 적이 없다.

처한 환경이 좋았다는 말이 아니다.

내가 경험해보지 못한 환경들을 극복해냈을 때의

기쁨을 좋아할 뿐이다.

# 과거의 내가 오늘의 나를 살리다

어린 시절부터 나는 슈퍼맨이나 피터팬처럼 하늘을 날고 싶었다.

'하늘을 날 수 있다면 얼마나 짜릿할까?'

낙하산을 탈 수 있다는 것은 내가 특전사를 지원한 이유 중 하나이다. 낙하산을 타기 위해 땅에서 그렇게 힘들게 훈련해야 하는지는 몰랐지만.

## 하늘에서는 나 혼자다

특전사 근무를 위한 통과의례 같은 훈련이 공수교육인데, 힘든 것으로 악명이 높다. 공중에 오르기 전, 땅에서 수없이 훈련한다. 넘어지는 법, 착지하는 법, 비상 상황 시 행동요령, 장비 사용법 등을 몸에 밸 때까지 같은 동작을 수백 번 반복한다. 왜냐하면 하늘에서는 나 혼자이기 때문이다. 낙하산을 메고 하늘에서 뛰어내리고 나면 아무도 도와주지 않는다. 배운 대로, 익힌 대로, 스스로 해나가야만 한다.

일반적으로 특전사에서 훈련하는 낙하산은 비행기에서 뛰어내릴 때 저절로 낙하산이 개방된다. 로프를 낙하산 끝에 매달고 뛰어내리는데 이때 로프가 낙하산을 당겨서 펴지는 원리이다. 로프를 당기면 낙하산이 우산 모양으로 펴지는데, 멀리 가지는 못한다. 다만 조정줄이 있어서 자동차 핸들처럼 좌우로 틀어 방향 조정이 가능하다. 뛰어내린 부근에 신속하게 내려 작전을 수행하기 위한 수단으로 이용한다.

이 낙하산 훈련이 업그레이드된 것이 고공침투 훈련이다. 항공기에서 뛰어내려 수십 초 동안 자유낙하를 하다가 일정 고도가 되면 스스로 낙하산을 편다. 보통 3,000미터 이상 올라가서 1,500미터 정도 위치에서 개방한다.

높이 올라갈 때는 2만 5,000피트(약 8,000미터)까지 가서 방한복을 입고 산소 호흡기를 착용한 뒤 뛰어내려 60킬로미터 이상의 거리를 활공한다. 2만 5,000피트 높이까지 올라가면 산소가 희박해져 숨을 쉴 수가 없다. 기온도 영하 40도 이하여서 얼어 죽을 수도 있다. 고공침투 훈련은 특수부대 훈련 중 가장 고난도의 기술과 능력을 필요로 하며 그만큼 위험하다. 그야말로 목숨을 걸고 하는 훈련인 것이다.

## 머슬 메모리

아랍에미리트로 파병을 가서 고공침투 훈련을 하던 중 생긴 일이다. 고공침투 훈련을 하는 목적은 적 레이더에 감지되지 않도록 멀리서 목표물에 접근하기 위해서다. 강하하는 요원은 작전에 필요한 장비를 군장에 모두 넣어 낙하산을 타고 이동한다.

이때 낙하산을 메고 나서 다리 앞에 군장을 매다는데, 군장의 무게와 부피 때문에 지면이 다가오면 연결 고리를 풀어 먼저 떨어트려야 한다. 이 연결하고 해체하는 신형 고리를 연구하고 개발하는 일을 우리 팀이 진행했다.

신형 고리를 테스트하는 날이었다. 비행기에서 뛰어내리면 공중에서 1분가량 자유낙하를 한 뒤 낙하산을 편다. 낙하산을 펴기 전까지는 군장이 해체되어서는 안 된다.

군장 무게는 30킬로그램 정도로 상당히 무겁다. 나는 군장을 다리에 매단 채 비행기에 몸을 싣고 한참을 올라갔다. 1만 5,000피트

(약 5,000미터) 상공에서 한 명씩 뛰어내렸다. 나는 평소처럼 장비 체크를 하고 매뉴얼대로 서로 최종 크로스 체크를 마친 뒤 비행기에서 이탈했다.

그런데 뜻밖의 사고가 일어났다. 뛰어내리자마자 연결 고리 하나가 툭 풀려버려 군장이 내 발밑으로 흘러내렸다. 시속 200킬로미터로 하강하는 상태에서 30킬로그램이나 나가는 추가 내 발에 달려버린 꼴이 되었다.

순간 내 몸이 회전하기 시작했다. 점점 빨라지더니 주체할 수 없을 만큼의 속도로 돌았다. 배운 자세대로 회전을 잡아보려 했지만 달려 있는 군장 때문에 역부족이었다.

내 몸은 공중에서 떨어지는 낙엽처럼 사정없이 돌았다. 빠른 속도로 원심력이 커지면서 내 의지와는 상관없이 두 팔이 머리위로 올라가 만세자세가 되었다. 온몸의 피가 머리와 얼굴로 쏠렸고 눈이 빠져나갈 것만 같았다. 나는 눈을 감았다. 고도를 확인해야 하는데 고도계를 볼 수도 없었다.

몸이 회전하고 있어 지금 낙하산을 개방하면 몸에 감겨 추락할 수도 있다. 무엇보다 지금은 회전을 잡는 것이 급선무다. 그렇지만 몸이 마음대로 움직이지 않았고 그렇게 20여 초가 지났다. 그 20여 초가 몇 시간처럼 느껴졌다. 내 삶이 주마등처럼 지나갔다. 사람이 죽기 전에 다들 그런 경험을 한다는데 내가 그랬다.

너무 어지러웠고 점점 의식을 잃어가는 게 느껴졌다. 그때 갑자기 내 귀에서 '삐삐삐삐' 하고 경보음이 사정없이 울렸다. 그 순간 무의식적으로 아치 자세를 크게 하고 팔을 가슴으로 보내 낙하산 개방 고리를 당겼다. 낙하산이 펴졌다.

"와! X발! 살았다!"

살면서 욕을 해본 적이 거의 없는데 낙하산이 펴진 순간에는 나도 모르게 욕이 나왔다.

그 경보음은 '이 높이에서 낙하산을 펴지 않으면 죽는다! 위험해!' 라고 경고해주는 고도 경보기 소리였다. 이는 헬멧 안쪽 귀 옆에 부착해놓는 경보보조 장치로 낙하산 개방 시기를 혹시나 놓칠 경우 예비로 사용하는 장비이다. 고도 경보기 소리가 들리면 반사적으로 개방 동작을 하게끔 근육에 입력해놓는 훈련을 수백 번 한다. 어떤 상황에서 내가 해야 할 행동을 근육에 저장해놓는 것을 '머슬 메모리'라고 하는데, 이것이 오늘 나를 살린 것이다.

지상에 도착했을 때 동료들이 다들 놀라 내게 달려왔다. 나중에 거울을 보니 원심력 때문에 모세혈관이 다 터져버려 얼굴이 말이 아니었다. 그래도 죽을 고비를 넘기고 지상에 내려오자 살았다는 기쁨에 눈물이 났다.

그날 저녁, 동료들은 내 생일파티를 해주었다. 다시 태어난 날이라며 말이다. 그동안 군 생활 중 위험한 경험은 여러 번 있었다. 사격훈련 중 피탄에 맞기도 했고, 레펠훈련 중 떨어지기도 했다. 몇 번의 심각한 위기는 있었지만 이렇게 죽음을 코앞까지 느낀 적은 처음이었다.

모든 사람이 자신만의 머슬 메모리를 가지고 있다. 아침 알람이 울릴 때 하는 행동도, 음식을 먹을 때 하는 행동도, 넘어졌을 때 신체를 보호하려는 행동도 다 근육이 습득한 대로 움직이는 것이다.

당신의 몸에는 어떤 머슬 메모리가 있는가? 이왕이면 좋은 습관으로, 나만의 생존 레어템으로 머슬 메모리를 만들기를 바란다. 인생의 어떤 위기가 갑자스레 찾아왔을 때 스스로를 지켜낼 수 있을 만큼 말이다.

어떤 상황에서 내가 해야 할 행동을 근육에 저장해놓는 것을 '머슬 메모리'라고 하는데, 이것이 오늘 나를 살린 것이다.

# 극한을 경험해본 자와 아닌 자

✧

특전사 훈련 중 가장 힘든 훈련은 내륙전술훈련이라고 하는 '천리행군'과 가장 추운 겨울 혹한기에 실시되는 '설한지 극복 및 생존훈련'이다. 운이 좋게도(?) 나는 두 가지 훈련을 연달아 하게 되었다. 특전사는 열악한 지형과 조건에서 주요 임무인 정찰 감시와 타격(중요 정보를 알아내고 찾아가 폭파하는 것)을 해내야 한다. 적 후방에 낙하산을 타고 은밀하게 침투해 교란작전을 통해 전쟁을 조기에 종결시키는 결정적 임무를 수행하려면 극강의 체력과 정신력이 없어서는 안 된다.

## 천리행군

내륙전술훈련은 산악에서 일어날 수 있는 작전을 대비하여, 한 달 동안 산속에서 먹고 자고 이동하는 훈련이다. 훈련 막바지에 8박 9일 동안 무려 400킬로미터를 행군해 부대로 복귀하는 천리훈련은 '내륙전술훈련의 꽃'이라고 불린다. 10리가 4킬로미터이기 때문에 천리행군이라고 부르는 것이다.

40킬로그램에 육박한 군장을 메고 서울에서 부산까지 거리를 사람들의 눈에 띄지 않는 산길을 따라 걷는다. 생각만 해도 까마득하지 않은가? 천리행군을 준비하는 장교들이 침투로를 계획할 때 사용하는 지도는 수십 장에 달한다. 지도 무게만 해도 10킬로그램이 넘는다. 게다가 일정상 하루에 50킬로미터를 걸어야 하는데, 이는 매일 밥 먹고 걷기만 해야 겨우 도달할 수 있는 거리이다.

천리행군이 시작되면 첫날은 힘든 줄 모르고 걷는다. 2일째가 되면 발이 아파온다. 특히 발뒤꿈치 고통이 크다. 딱딱한 군화를 신고 걸으니 당연한 현상이다. 3일째가 되면 어깨가 패일 듯 통증이 오고 발에 물집이 잡히기 시작한다. 아니 벌써 물집이 터지고 살들이 눌러 붙기 시작한다. 물집이 생기면 휴대한 바늘로 물집을 찔러서 고름을 빼주고 실을 꽂아서 물이 다 빠지도록 해놓는다. 그리고 또 계속 걷는다. 그때부터 고통이 한계치를 넘어서면 아무런 통증도 느껴지지 않는다. 아니, 참는다고 하는 것이 맞겠다.

그리고 또 하나의 고통은 엄청난 졸음이다. 4일째부터는 걸으면서 졸기 시작한다. 피로가 누적되다 보니 걸으면서 자는 것이다. 걸으면서 졸고 있는 내가 그저 신기할 뿐이다. 그렇게 일주일을 걷고 난 뒤 철야행군이라고 해서 마지막에 100킬로미터를 몰아서 걷는다. 그때는 군장의 무게가 조금이라도 가벼워지게 온갖 수를 쓴다. 심지어 나는 단 1그램이라도 줄이고 싶어서 칫솔 솔이 있는 부분만 남기고 잘라버렸다.

절대 못 할 것 같던 400킬로미터의 천리길을 완주했다. 그 길을 걷는 동안엔 몰랐다. 내 군복에서 쉰내가 나는지도, 머리가 떡이 진지도, 수염이 자라 산적 같은 몰골이 되었는지도 말이다. 앞으로 세상을 살아가며 이보다 더 힘들게 걷는 일은 없겠구나 싶을 만큼 극한을 경험했다.

## 설한지 극복 및 생존훈련

천리행군이 끝난 지 3개월쯤 지났을 때 겨울이 찾아왔고 또다시 혹한의 훈련이 준비되었다. 이번에는 눈이다. 설한지 극복 및 생존훈련은 눈 덮인 산악지역에서의 생존능력을 키우는 훈련으로 매년 겨울에 우리나라에서 가장 춥다는 평창과 대관령에서 실시된다.

특전사 훈련은 대부분 훈련지 인근까지 차량 또는 열차로 이동하고 나서 남은 수십 킬로미터를 걸어서 침투한다. 대관령 입구에 내려 행군으로 훈련지역까지 걸어 들어갔다. 대관령 근처 야외에서 전투식량으로 저녁을 먹고 야간에 훈련지역까지 은밀하게 침투를 시작했다. 군장 무게는 역시나 40킬로그램이 훌쩍 넘었다. 겨울이라 동계물품과 장비가 많아 더 무겁다.

대관령의 야간 기온은 영하 15도 이상으로 떨어졌고, 칼로 도려내는 듯한 칼바람이 세차게 불어서 얼굴을 다 감싸고 눈만 내놓고 걸었다. 그러자 이내 눈썹이 다 얼어붙어 앞이 잘 보이질 않았다. 눈썹에 만들어진 고드름을 바라보며 하염없이 50킬로미터 정도의 침투행군을 한다. 그렇게 새벽이 올 때까지 산을 넘고 넘어 아침이 되면 산속에 있는 훈련지에 도착한다.

지금부터가 시작이다. 혹한의 추위를 견디며 눈이 허벅지까지 쌓인 오지에서 생존해야 한다. 극도의 피곤함이 몰려왔지만, 생존하려면 은신처를 구축해야 했다. 눈을 파내고 바람을 피할 수 있는 공간을 마련해 침낭을 깔고 군장만 벗어둔 채 그대로 들어갔다. 전투화를 벗어 가슴에 안았다. 밖에 두면 꽁꽁 얼어버려 나중에 신을 수가 없다. 이렇게 눈 속에서 잠을 자고 날이 밝으면 자연에서 식량, 식수 등 모든 것을 해결해야만 한다.

3박 4일의 설한지 훈련 동안 추위와 배고픔이 가장 힘들었다. 최대한 땅과 눈을 파고 들어 은신했고, 눈을 녹여 식수를 만들어 저장해놓았으며, 칡, 나무껍질, 뿌리식물 등을 캐서 식량을 확보했다. 그렇게 생존하면서 무전기를 통해 하달되는 임무를 수십 킬로미터 떨어진 곳으로 이동해 수행하고 다시 돌아와야 했다. 그러기를 수차례 반복해야 한다.

임무를 하러 갈 때 허리까지 쌓인 눈을 뚫고 가야 한다. 그러다 보면 손발에 동상이 걸리기 일쑤였다. 그렇게 추위와 싸우며 강원도 어느 산속을 돌아다니다가 훈련이 끝나면 다시 대관령을 넘어 복귀한다. 돌아오는 길은 더욱더 바람이 매섭고 차다.

그날 기온이 영하 18도였는데, 초속 8미터 정도로 바람이 불어서 체감온도는 영하 30도로 더 낮았다. 잠시 쉬는 시간에 볼일을 보고 싶었는데 손이 얼어서 지퍼를 내릴 수가 없었다. 할 수 없이 옆에 있는 팀원에게 바지 지퍼를 내려달라고 했다. 훈련이 끝나고 손과 발의 동상을 회복하는 데 오랜 시간이 걸렸고 전역한 지금도 추위에 노출되면 후유증으로 손발이 새하얗게 질린다.

두 가지 훈련으로 인간이 경험할 수 있는 육체적 극한을 경험했다. 그리고 인간은 극한이 닥쳐도 끝내 이겨내고 생존할 수 있다는 것도 경험했다. 이러한 경험은 다른 일을 도전할 때의 추진력을 길러주었다.

사람들은 어떤 힘든 일이 주어졌을 때 '힘들어 죽겠다'라는 말을 많이 한다. 이때 '힘든 기준'은 본인의 경험이 최대치일 것이다. 극한을 경험한 나는 그 최대치가 클 수밖에 없어서 웬만해서는 '힘들어 죽겠다'라는 말이 나오지 않는다. 사실, 전역 후 아직까지 힘들다는 생각을 해본 적이 없다.

인간은 극한이 닥쳐도 끝내 이겨내고

생존할 수 있다는 것도 경험했다.

이러한 경험은 다른 일을 도전할 때의 추진력을 길러주었다.

# 어디서든 매일 운동하겠다는 마음가짐

✧

나는 열일곱 살 때부터 지금까지 매일 운동을 하고 있다. 매일 밥을 먹는 것처럼 일상 속에서 자연스럽게 운동하고 있다. 운동이라고 해서 거창한 것도, 오랜 시간을 할애해야 하는 것도 아니다. 계단을 5분간 걷고, 샤워 전 팔굽혀펴기를 30개씩 하는 것도 운동이다.

예전에는 극한의 체력을 끌어올리기 위해 미친 듯이 운동했다. 그때는 특수부대에서 최고가 되기 위해, 임무를 더 잘 수행하기 위해 내가 할 수 있는 최대치를 끌어올려야 했다. 심지어 개인운동을 매일 한 시간 이상 하지 않으면 뒤처질 것 같아 불안했다. 운동 강박증까지 있을 정도였다.

그렇게 해보았기에 힘들게 하는 운동이 얼마나 고역인지도 안다. 전역을 하고 나서도 매일 아침저녁으로 운동을 했다. 평생 운동습관을 유지한다는 생각으로 자기 관리를 하고 있다. 주위 사람들은 내가 어떻게 지금도 체력을 유지하는지 궁금해한다. 답은 정해져 있다. 꾸준하게 하는 것이다. 예를 들어 은퇴 후 10년간 운동하지 않은 전 국가대표 축구선수와 매주 꾸준히 조기축구를 하는 일반인 중 누가 더 체력이 좋을까? 당연히 계속 뛰고 있는 조기 축구를 하는 사람이다.

운동을 꾸준히 해오는 사람으로서 운동습관을 가지라고 권하고 싶다. 많은 사람이 운동을 주어진 과업처럼 하고 있다. 운동을 일부러 하려고 하면 금세 싫증나서 오래 유지하지 못한다. 사람들이 운동습관을 잡는 데 도움을 주고자 홈트레이닝 영상을 촬영하여 한 잡지사에 기고했고, '층간소음 없는 5분 홈트'라는 제목으로 연재되었다.

운동의 중요성을 알면서도 지루해서 오래 꾸준히 하지 못하는 사람이 많다. 집에서 하는 트레이닝은 짧은 시간에 효과적으로 하는 것이 좋다. 나는 집에서 맨몸으로 할 수 있는 팔굽혀펴기, 윗몸일으키기, 스쿼트를 한 세트로 해서 3~5세트 하고 샤워한다.

10분이면 충분하다. 짧게라도 집중해서 매일하는 것이 중요하다. 생활습관처럼 어떤 일을 하기 전이나 후에 습관처럼 운동을 해보

자. 내가 샤워하기 전후에 10분씩 운동하는 것처럼 일상에 운동습관을 녹이게 되면 꾸준히 운동하는 스스로에 대해 만족감이 들 것이다. 그리고 무엇보다도 건강이 좋아져 더욱 활기찬 내일을 맞을 수 있다.

## 강철 체력 키우는 법

특전사 대테러 교관으로 있을 때 내가 교육한 인원은 연간 1,000명이 넘었다. 특수부대원이 되기 위한 전투기술을 배우기 위해 육군, 해군, 공군, 외국군 등 수많은 군인이 훈련을 받으러 왔다. 그런데 어떤 훈련이든지 체력이 없으면 아무것도 할 수 없기 때문에 가장 우선시하는 것이 바로 체력단련이다. 지치지 않고 끝까지 해낼 수 있는 신체적 능력을 강철 체력이라고 말할 수 있겠다.

### 꾸준한 자신과의 싸움

많은 사람이 체력을 기르기 위해 각자의 목표를 세운다. 하지만 강철 체력을 키우려면 목표를 세우지 않는 것이 좋다. 목표를 세우고

작심삼일이 되는 사람들을 너무나 많이 보았다. 어떤 운동을 하든지 목표를 세우지 말고 본인이 할 수 있는 최대치를 하는 것이 낫다. 그렇게 꾸준히 하다 보면 최대치가 적응이 되고 그다음에는 더 많은 것을 오랫동안 해나갈 수 있게 된다. 자연스럽게 몸이 적응을 하는 것이다. 체력 수준이 올라가면 스스로 자신감이 생긴다. 꾸준히 자신과의 싸움을 해나가는 것이 관건이다.

교육생이 훈련장에 입소하면 나는 가장 먼저 개인별 체력 수준을 파악한다. 근력과 근지구력으로 나누어 신체수행능력이 어느 정도인지를 확인한 다음에 맞춤식 트레이닝을 진행한다.

### 4주 안에 신체수행능력 10배 UP

한번은 20대 중반의 건장한 체격을 가진 교육생의 체력 수준을 측정하고 있었다. 가장 먼저 턱걸이를 했는데 고작 2개를 하고는 떨어졌다. 당시 특전사 합격기준은 20개였다. 현재 신체수행능력의 10배를 끌어올려야 한다. 가능한 일일까? 결론부터 말하자면 100% 가능하다. 교육생 본인의 의지만 있다면 나는 그렇게 만들어줄 수 있다. 그렇게 만드는 것이 바로 내 역할이었다.

턱걸이를 2개밖에 못하는 이유는 근력, 요령, 경험 등이 부족해서다. 세 가지 요인을 모두 끌어올려야 한다.

4주 내에 20개 이상을 하게 근력을 올려야 한다. 매일 악력기를 손에 쥐여주고 틈날 때마다 1,000회씩 하라고 했다. 그리고 하루에 1회씩 늘린다는 목표로 철봉에 매달려 턱걸이를 하게 했다. 성공하든 못하든 매달려 있는 시간을 늘렸다.

그다음에는 요령을 알려준다. 팔의 간격, 팔과 광배근을 함께 쓰는 법, 코어와 하체를 이용하는 법을 알려준다. 그리고는 매일 연습시킨다.

마지막은 철봉에 매달린 교육생의 다리를 뒤에서 잡아준다. 5개, 10개, 15개, 20개를 할 수 있도록 보조해주면서 개수를 늘려나가는 경험을 시켜준다. 20개를 하려면 이 정도의 힘이 필요하다는 것을 느낄 수 있도록 말이다.

그렇게 일주일이 지나고 난 뒤 그 교육생은 턱걸이 10개를 해냈다. 2주가 지났을 때는 15개를 했고, 3주가 지났을 때에는 20개를 거뜬히 해냈다.

단지 턱걸이만 가능한 것이 아니다. 다른 체력단련도 마찬가지이다. 체력은 근력, 요령, 경험이 모두 뒷받침되어야 한다. 강철 체력을 기르려면 바로 이 세 가지를 꾸준히 단련해나가야 한다.

### 나만의 운동 루틴

무엇보다 꾸준함이 답이다. 너무 과할 필요도 없다. 매일 꾸준히 해야 한다. 이를 위해 자신만의 루틴을 세워두면 좋다.

나는 현역 시절에 새벽 5시에 일어나 5킬로미터를 가볍게 조깅하고 맨몸 운동이나 스트레칭 위주의 운동을 했다. 체력단련이 시작되는 오전에는 4시간 동안 근력과 지구력 훈련을 했고, 퇴근 후에는 부족한 부분에 대한 훈련을 더 한 뒤 5~10킬로미터를 뛰고 하루를 마감했다.

1년 365일을 10년간 매일 그렇게 했다. 전역 후에도 아침저녁으로 하루 두 번 운동했다. 자신만의 루틴을 짜서 실천해보자. 어떻게 하면 이 강철 체력을 유지할 수 있을지를 생각하면서 나만의 루틴을 정해보자.

### 하루 운동 루틴

강도 높은 루틴을 짜고 싶다면, 하루 세끼 밥을 먹듯이 아침점심저녁으로 운동한다. 아침에는 공복에 조깅을 하며 30분 이상 유산소 운동을 한다. 점심 또는 휴식시간에는 30분 내외로 근력운동을 해준다. 점심식사 후에 쉬지 않고 해주면 더욱 좋고, 만약 일과시간에 할 수 있는 운동이 있다면 더욱더 좋다.

단 10분이라도 매일 하는 것이 중요하다. 크게 미는 운동과 당기는 운동으로 구분해서 하면 된다. 운동을 처음 하는 사람들은 단계를 높이기까지 전신운동을 하는 것이 좋다. 그래야만 신체의 근육들이 골고루 자극을 받고 운동 부하가 늘어나는 것에 따라 대비해

나갈 수 있다. 어느 장소에서도 쉽게 할 수 있는 전신운동인 팔굽혀펴기를 추천한다.

낮 시간에 간략하게 운동했다면 퇴근 후 저녁에는 본격적인 운동을 하자. 헬스장, 체육공원, 운동장도 좋고, 홈트도 좋다. 자신이 힘들다고 생각될 때까지 1시간 동안 집중해서 해보자.

어떤 운동이든지 매일 비슷한 시간에 하면 좋다. 집에 돌아와 샤워 전에 하든지, 밥을 먹고 나서 하든지 일정 시간대를 정한다. 그리고 반드시 온몸이 힘들 때까지 해야 한다. 힘들지 않는 운동은 운동이 아니다.

나는 운동은 자신과의 싸움이 아닌 자신과의 타협이라고 생각한다. 자신과 쉽게 타협하지 말자. 마흔이 넘은 내가 20대 후배들과 견주어 이길 수 있었던 것도 지금까지 꾸준히 운동을 해왔기 때문이다. 만약 자신이 강철 체력이 된다면 그동안 운동한 것이 아까워서라도 계속 유지하게 될 것이다.

어떤 운동을 하든지 목표를 세우지 말고
본인이 할 수 있는 최대치를 하는 것이 낫다.
그렇게 꾸준히 하다 보면 최대치가 적응이 되고
그다음에는 더 많은 것을 오랫동안 해나갈 수 있게 된다.

CHAPTER 3

# 강철 행동력

"결단했다면 즉시 실행에 옮기고 후회하지 않는다"

# 무지개의 끝을 찾아 달리는 소년

어린 시절 내가 살던 곳은 그야말로 깡촌이었다. 우리 집 주변에는 산과 들밖에 없었고, 마을 앞에는 강이 흘렀다. 그래서 내 놀이터는 자연스럽게 산과 강이었다. 강에서 물놀이도 하고, 산을 오르내리며 친구들과 버려진 나무로 장난감 칼도 만들어 가지고 놀았다. 그 모든 것이 재밌고 즐거웠다. 심심할 틈이 없었다.

아침에 일어나면 오늘은 손으로 물고기를 잡을지, 로프를 들고 암벽을 오를지가 고민이었다. 내 눈에 보이는 모든 곳을 가보고 싶었고, 경험해보고 싶었다. 강의 물줄기가 시작되는 곳은 어딘지, 산봉우리 너머에는 무엇이 있을지 궁금했다. 어린 내 눈에는 멀리 보이는 산까지가 이 세상의 전부인 것 같았다. 그곳에 가면 이 세상을 다 누린 기분이 들 것 같았다.

## 보물을 찾아 모험을 떠나는 소년

지금 생각해도 나는 참 호기심도, 모험심도 많은 아이였다. 궁금한 것이 있으면 바로 실행에 옮겼다. 하루는 마을 앞에 흐르는 강을 거슬러 올라가보기로 했다.

'물이 시작되는 곳은 어디일까?'

내 눈으로 꼭 보고야 말겠다는 생각으로 발걸음을 뗐다. 상류 쪽으로 올라갈수록 물은 점점 더 줄어들었다. 반나절쯤 걸었을까 어느새 강이 시냇물에서 계곡물로 되었다. 조금만 더 가보면 시작점이 보일 것 같았다.

'왠지 곧 발견할 수 있을 것 같아!'

그렇게 하루 종일 걸어 작은 물줄기가 시작되는, 산속 어느 계곡의 작은 샘 앞에 도착했다. 이곳의 작은 물줄기가 흘러나와 시냇물이 되고, 강물이 되어 점점 커져간다는 사실이 너무도 신기했다.

'그렇다면 이 산의 물은 어디서 나오는 걸까?'

그것까지는 알 수 없었지만 그래도 물이 시작하는 샘까지 내 발로 내 눈으로 확인하고 나니 너무도 신이 났다. 빨리 돌아가서 친구들에게 이 사실을 알려주고 싶어졌다. 마치 나만 아는 보물지도를 찾은 기분이랄까.

## 무지개의 끝을 좇아

어느 날은 강에서 수영하고 있는데 갑자기 소나기가 쏟아졌다. 잠시 후 비가 그치더니 커다란 무지개가 생겼다. 내 눈에 비친 일곱 색깔 무지개는 너무나 신비롭고 아름다웠다.

'이 무지개가 생긴 곳은 어디일까?'

동네 어른들이 그랬다. 무지개의 양 끝은 연못이라고 말이다. 정말일까? 또다시 호기심이 발동했다. 무지개의 끝을 내 눈으로 확인해보고 싶어졌다. 이번에는 이 무지개를 찾아가보리라 마음먹었다. 그러기 위해서는 무지개가 없어지기 전에 달려야 한다.

나는 무작정 무지개를 바라보며 달렸다. 그런데 한참을 달려도 무지개 가까이로 가기가 어려웠다. 이쯤 되면 볼 수 있을 거라 생각했는데, 달려도, 달려도 가까워지지 않았다. 분명 저 너머 어딘가 무지개 연못이 있을 텐데 말이다.

나는 꼭 보고 싶었다. 그래서 무지개가 뜰 때마다 힘껏 내달렸다. 하지만 어른들이 어딘가 있다던 그 연못을 찾을 수는 없었다. 그때마다 나는 아쉬운 마음으로 집으로 다시 돌아왔다.

그 뒤로도 궁금한 것이 생길 때마다 하나씩 찾아가보았다. 힘도 들고 고생도 했지만 알게 되었을 때의 기쁨은 이루 말할 수 없을 만큼 컸다. 저 멀리 가장 높은 산봉우리를 찾아 올라갔을 때 산 능선을 알게 되었다. 산봉우리 너머에는 더 큰 산들과 세상이 있다는 것도 알게 되었다. 그리고 호기심은 여기서 끝이 아니라 그곳에도 언젠가는 가봐야겠다며 새로운 도전을 꿈꾸게 하는 원동력이 되었다.

궁금하면 가봐야 한다. 실행해봐야 한다. 그렇게 도전하고 경험해야 한다. 다른 사람들에게 들은 것은 '카더라'이지만 내 눈으로 보고 경험한 것은 내 것이 된다.

궁금한 것이 생길 때마다 하나씩 찾아가보았다.
힘도 들고 고생도 했지만 알게 되었을 때의 기쁨은
이루 말할 수 없을 만큼 컸다.

# 최고의 집단에 가게 된 것,
# 이왕이면 최고가 되자

나의 대학생활 4년을 뒤돌아보면 100미터 달리기를 전력질주 한 느낌이다. 숨이 턱까지 찰 만큼 열심히 대학생활을 했고 졸업과 동시에 군 입대를 했다. 친구들은 어떻게든 입대를 미루거나 안 가고 싶어 했지만 나는 군대를 생각하면 가슴이 뛰었다. 군대란 곳이 어떤 곳인지 궁금했고 빨리 입대해서 멋진 장교가 되고 싶었다. 입대를 앞둔 며칠은 내 생에 가장 설레는 순간이었다. 그때부터 내게 군인의 피가 흘렀던 것 같다.

드디어 그날이 되었다. 학사사관후보생 45기로 영천에 있는 3사관학교에 입소했다. 800여 명의 동기들과 함께 16주간의 장교 과정을 교육받았다. 애벌레가 인내의 시간을 보낸 후 탈피하여 아름다운 나비가 되듯 철부지 대학생 딱지를 떼고 진짜 사나이가 되는 시간이었다.

## 특전사를 희망하다

"현재시간 10:50분 11:00까지 미비된 행동을 마치고 사열대 앞으로 단독군장 4열 종대 집합!"

이 명령에 복장과 준비물, 내 행동의 모든 것이 예고되어 있다. 체계적이고 절도 있으며 빈틈없는 훈육 시스템은 어떤 명령도 완벽하게 수행하는 AI처럼 나를 바꿔놓기에 충분했다.

장교로 임관 후 어느 부대로 갈지 결정해야 한다. 물론 희망하는 부대로 다 갈 수는 없지만 고민이 되었다. 당시 여자 친구였던 아내는 내게 특전사를 권했다. 어차피 군대에서 고생할 거면 가장 힘든데 가서 최고가 되라는 의미였다. "남자친구가 최고가 되었으면 좋겠다"라고 했다. 나도 같은 마음이었다.

육군에서 갈 수 있는 특수부대 중 가장 빡센(?) 부대를 가고 싶었고, 이왕이면 누구나 말하면 아는 최강의 부대에서 근무하고 싶었다. 특전사를 지원한 동기들 중 30명을 선발했는데 그중 한 명이 나였다.

특전사 중에서도 나는 특별히 707이란 대테러 부대를 가고 싶었다. 특전사 707 특수 임무단은 우리나라 국민이 해외에서 테러범들에 피랍될 경우 구출을 전담으로 하는 특전사 중의 특전사 부대로 명성이 나 있었다. 특전사를 지원하는 우수한 인원 중 최우선하여 선발하는 부대이기에 최고 중의 최고이다.

특전사로 선발된 30명의 동기들에게도 707부대는 선망의 대상이었다. 그러나 경험이 없는 장교는 선발하지 않는다는 이유로 우리는 선발 대상에서 제외되었다. 특전사에서 1년 이상 근무한 인원 중 우수한 인원만을 선발한다는 방침이 있었기에 아쉽지만 마음을 달래야 했다.

## 최고 중의 최고를 희망하다

특전사는 직업군인으로 이루어진 집단이다. 100% 간부로 팀이 구성된다. 부사관 10여 명과 장교 2명이 한 팀으로 팀장은 대위가, 부팀장은 중위나 소위가 맡는다. 나는 소위 계급장을 달고 부팀장으로서 전라남도 담양에 위치한 11공수특전여단에서 첫 특전사 생활을 시작하게 되었다.

가장 먼저 검은 베레모가 나의 마음을 사로잡았고 낙하산 교육인 공수교육을 받는다는 자부심에 우쭐하기도 했다. 그런데 현실은 냉혹했다. 장교로서 특전사에서 살아남기 위해 혹독한 과정을 견뎌야만 했다. 장교이지만 특전사 훈련과 경험이 전무했기에 여기서 살아남기 위해 나는 최고가 되어야 한다고 이를 악물었다. 707부대에 꼭 선발될 것이라는 목표가 있었기에 남들보다 2배 아니, 10배로 더 노력했다.

그 결과, 군생활 동안 최고의 순간을 여러 번 맛볼 수 있었다. 기록을 적어보면 이렇다.

- 특전사 리더 임무수행을 위한 전술교육과정인 특수전 장교과정 동기 중 1등
- 707특수임무단 부팀장으로 선발됨(전 특전사 중 1명 선발)
- 707특수임무단 백호순환체력 장교 최초 전체 1등
- 항공기내 낙하산훈련을 통제할 수 있는 JUMP MASTER 과정 수료
- 수중 은밀 침투 능력을 훈련받는 COMBAT DIVER(SCUBA) 해상척후조 교육 수료
- 707 특수 임무단 교육 장교 비육사출신 최초 임명
- 고고도 이탈 고고도/저도고 개방 고공침투능력 획득 HALO/HAHO(2등 수료)
- 707부대에서 유일하게 HALO/SCUBA/JUMP MASTER 특수교육 모두 이수한 팀장
- 47 국가 대테러훈련센터 교관 팀장

- 특전사 최우수 특수 임무대 선발(전술훈련/전투력 측정)
- UN국제사격대회 종합 우승
- 아랍에미리트 파병부대 전투력(체력) 최우수 선정

목표는 사람을 지치지 않게 하는 힘이 있다. '최고가 되어 반드시 707부대에 가고야 말겠다'라는 나의 분명한 목적은 수많은 고비마다 나의 버팀목이 되어주었다.

# 장군이라 불리던 소년, 리더를 꿈꾸다

나는 할머니 밑에서 자랐다. "장군아, 밥 먹자", "장군아, 세수하자"라는 식으로 할머니는 어린 내가 장군처럼 행동하고 당당해지기를 바라는 애정 어린 마음으로 '장군'이라고 부르셨다. 그래서 어린 시절 기억 속에 나는 '최영재'라는 이름보다 '장군'이 더 익숙하다. 나는 세상에서 할머니가 가장 좋았기에 장군이라 불리는 것도 참 좋았다.

놀 때도 항상 장군 놀이를 하곤 했다. 시골에서는 특별한 장난감이 없기 때문에 직접 장난감을 만들어서 놀았는데 특히 새총, 총, 활을 만들어서 표적 맞히기를 많이 했다. 마치 이순신 장군처럼 아이들을 몰고 다니며 칼싸움을 하기도 했다. 그러나 그리 능력 있는 장군은 아니었던지 칼싸움을 하다가 난 흉터들이 지금도 눈가와 입가에 있다.

어린 나이에도 '장군=리더'라는 개념은 확실히 알고 있었다. 장군은 리더이니 학교에서는 당연히 반장을 해야 한다고 생각했다. 그때만 해도 공부를 잘해야 반장이 될 수 있었는데, 나는 성적이 나쁘지는 않았지만 공부를 뛰어나게 잘하지는 못했다.

리더십과 공부는 별개라고 스스로 위로하며 4학년 때부터 반장에 도전했다. 다행히 친구들이 잘 따라주었고 줄곧 반장, 부반장을 도맡으며 앞에 나서서 일을 주도했다. 그리고 꿈을 얘기할 때 항상 장군이 될 거라고 말했기에 학창시절 내 별명은 '최장군'이었다.

할머니는 내게 '장군은 이렇게 해야 한다'라면서 예의 바른 행동에 대해 많이 알려주셨다. 그중에서도 특히 겸손함을 강조하셨다. 지금도 나는 할머니의 말씀을 가슴에 새기고 살아가고 있다.

할머니와의 추억은 그뿐만이 아니다. 농사를 끝낸 겨울이 되면 할머니와 근처 산에 약초를 캐러 가곤 했다. 산은 나만의 놀이터였다. 그러다 보니 산 속에서 방향을 잘 파악하는 능력도 개발했다. 그 덕에 나와 할머니는 약초를 많이 캘 수 있었고 함께 캔 약초를 다듬어 장날 시장에 내다 팔았다.

그렇게 어렵게 번 돈으로 할머니는 손자에게 졸업액자를 선물해 주셨다. 그 졸업액자는 내 유일한 학창시절 졸업액자이다. 그 사진

속의 내 모습은 보잘것없는 '코찔찔이 시골 아이'에 불과하지만 마음만은 할머니의 사랑으로 장군처럼 크고 단단했다.

사람의 말 한마디가 한 사람의 인생을 어떻게 만드는지 할머니를 통해 경험했다. 그래서 나도 누군가에게 말 한마디를 할 때마다 매우 신중해진다.

# 위인전을 좋아하던 소년,
# 바른생활을 몸에 익히다

어릴 때 주로 읽은 책은 김유신 장군, 이순신 장군 등 장군의 위인전이었다. 그중에서도 나와 이름이 비슷한 최영 장군을 가장 좋아했다.

장군들의 위인전을 읽다 보니 공통점을 발견했다. 바로 장군들마다 명언이 있다는 것, 명필이었다는 것이다. 어린 나는 '장군이 되려면 붓글씨를 잘 써야 해!'라고 생각해서 붓글씨, 펜글씨까지 배웠다. 어린 시절 내 머릿속에는 '장군' 키워드로 가득했다.

그러다 보니 사춘기는 그저 남의 일이었다. 중3이 되자 많은 친구들이 방황하고 나쁜 짓들을 시작했다. 그러나 나는 누가 시킨 적도 없는데 학교에서 배운 대로 생각하고 행동하려고 노력했고 선생님께서 하지 말라는 행동은 일체 하지 않았다. 그야말로 모범소년이었다.

고등학교에 가자 담배를 피우거나 술을 마시는 친구들이 있었지만 나는 그들과 어울리는 대신 구기운동과 친하게 지냈다. 그게 호기든 호기심이든 나와는 거리가 먼 행동으로 치부하고 땀 흘리고 몸 만드는 데 열중했다.

지금까지도 나는 흡연을 하지 않는다. 심지어 한 번도 없다. 술도 마시지 않는다. 가끔은 너무 강박적으로 나를 내몰았던 건 아닌가 생각도 들지만 '건강한 정신에 건강한 육체가 깃든다'라는 생각에는 지금도 변함이 없다.

나는 누가 시킨 적도 없는데 학교에서 배운 대로 생각하고
행동하려고 노력했고 선생님께서
하지 말라는 행동은 일체 하지 않았다.
그야말로 모범소년이었다.

# 나를 지지하는 사람들의
# 안전을 지켜주세요

✧

전화 한 통이 왔다. 부대에서 함께 근무했던 옛 전우였다. 몇 마디 서로의 근황을 나눈 후에야 그는 경호를 해줄 사람을 찾고 있다며 전화 용건을 꺼냈다. 보안상 알려줄 수 없지만 중요한 인물이고 부대 쪽으로 추천 요청이 왔다고 했다.

당시 나는 프리랜서 경호를 하고 있던 터라 경험 삼아 도전해보기로 했다. 이력서를 이메일로 제출하자 얼마 후 면접을 보자고 연락이 왔다. 면접 약속을 잡고 카페에서 건장한 남자를 만났다. 남자는 무술협회 대표라고 자신을 소개하며 특전사 출신이라고 덧붙였다. 나보다 군생활이 빨라서 '선배님'이라고 불렀다.

면접 자리에서야 경호 대상자가 누군지, 어떤 임무를 하는지 구체적으로 물었지만, 여전히 명확한 답은 들을 수 없었다. 다만 유력한 대선 후보라는 말과 함께 특전사 선배라고 덧붙였다. '우리 선배를 후배들이 지키는 게 어떠냐'라는 제안에 며칠을 고민하고 가족과 상의했다.

몇 개월간 집도 일도 다 뒤로 해야 하는 상황이 뻔했지만 좋은 기회라고 생각해 함께하기로 했다. 그렇게 나와 같은 뜻을 가진 후배들이 몇몇 모였고 경호팀이 결성되었다. 내가 면접을 봤던 선배님이 경호팀의 팀장이었고 나는 부팀장으로 경호를 하게 되었다.

경호 대상자를 처음 만나던 날, 그분이 경호팀에 건넨 말이 지금도 기억난다.

"내 경호보다 나를 보러오는 사람들, 나를 지지하는 사람들의 안전을 지켜주세요."

지금 생각해도 참 어려운 말이다. 모든 것이 갖춰진 경호 시스템은 오히려 통제하기 쉽다. 그렇지만 불특정 다수에게 가까이 다가가야 하는 대선 후보의 경호는 정말 어렵다. 어디서 어떤 상황이 발생할지 모르는 위험 속에서 경호 대상자인 본인보다 상대방의 안전을 더 신경 써 달라니……. 앞으로의 경호 임무가 쉽지 않을 것 같다고 직감했다.

초반에는 조금 떨어져 위험을 체크하며 처음부터는 밀착 경호를 하진 않았다. 얼마 후, 대통령 후보가 확정되고 밀착 경호가 시작되었다. 근접 경호, 즉 잠자는 시간을 제외하고 바로 최측근에서 대통령 후보를 경호할 사람을 선발해야 했다.

당시 대통령 후보는 평소 부드럽고 온화한 분위기를 좋아하셨고, 주위 비서들도 분위기가 그러했다. 대통령 후보는 그 주변인의 분위기나 스타일까지도 영향을 미친다고 판단했기에 경호원 또한 부드럽고 친근해 보이는 이미지가 좋을 것이라고 했다. 그래서 근접 경호원으로 내가 선발되었다.

그렇게 대통령 후보의 근접경호를 하게 되었다. 잠자는 시간을 제외한 모든 일정을 옆에서 함께하며 위험을 예방하고 만일의 사태를 대비했다. 공권력이 없는 경호원으로서 굉장히 힘든 순간이 많았지만, 알게 모르게 노고를 치하해주시고 집에 들어갈 때 건네주시는 수고했다는 말 한마디가 참 좋았다.

매일 아침 강우 확률 등 날씨부터 시작해 거기에 따른 준비상황 체크, 일정 확인, 일정에 따른 이동계획, 예비 이동로, 이동로 상 위험한 구간과 상습 정체구간 등 기본적으로 체크해야 할 것이 수십 가지는 된다. 시위를 하는 사람들이 있으면 위협이 발생될 수 있기 때문에 시위 규모와 이유, 이들을 통제할 수 있는 공권력을 가진 경찰 또는 사법기관의 협조 여부, 마찰을 피할 수 있는 방법, 주위 환경 등 많은 것을 파악해 경호에 임해야 한다.

이뿐만이 아니라 내가 경호를 준비하며 아침에 가장 먼저 하는 일이 복장 및 외모 점검이었다. 근접 경호원은 VIP를 모시기 때문에 깔끔해야 하며 단정해야 했다.

경호원으로서의 나는 어떤 상황 가운데 물음표가 나오면 그에 대한 답을 다 가지고 있어야 했다. 그래야만 우발 상황이 생겼을 때 당황하지 않고 해결할 수 있다.

예를 들어 갑자기 몸이 아플 때 119를 부르는 것이 아니라 가장 가까운 병원을 찾아가는 것이다. 내가 병원 위치를 숙지하고 있으면 바로 실행이 가능하다. 1분 1초가 중요하기 때문에 알고 있으면 언젠가 도움이 된다. 지금도 모든 것을 파악하는 것은 습관 아닌 습관이 되었다.

경호원으로서의 나는 어떤 상황 가운데 물음표가 나오면

그에 대한 답을 다 가지고 있어야 했다.

그래야만 우발 상황이 생겼을 때 당황하지 않고 해결할 수 있다.

# 전역 후 그는 왜 미용실 원장님이 되었나

✧

군대에서 근무하고 있을 때 첫째 딸이 태어났다. 눈에 넣어도 안 아플 만큼 사랑스러웠다. 퇴근하고 딸을 보는 게 인생에 가장 큰 행복이었다.

딸이 태어나고 두 가지 다짐을 했다. 첫 번째는 늘 몸조심을 하자는 다짐이다. 딸이 태어나고 달콤한 행복감에 취해 있을 때 훈련 중 다치는 사고가 발생했다. 그때 덜컥 겁이 났다. '내가 다쳐서 아빠 없는 아이로 자라면 어쩌지?' 그때 가족을 위해서 몸조심을 해야겠다고 다짐했다.

두 번째는 더 가치 있게 살자는 다짐이다. 딸에게 부끄럽지 않은 아빠가 되고 싶었다. 그래서 높은 지위의 사람들과 사회적으로 성공한 사람들을 경호하며 기회가 있을 때마다 "살면서 가장 후회하는 일이 무엇입니까?"라고 물었다. 그런데 그들의 대답은 한결같이 똑같았다.

"어린 자녀와의 시간을 많이 가지지 못한 것이 가장 후회됩니다. 만약 그때로 돌아가면 어린 자녀와 많이 놀아주고 싶습니다."

## 딸아이와 함께하고 싶어서

내 아이와 함께할 수 있는 것을 생각해보았다. 지금 내가 무엇을 하면 아이들이 커서도 아빠와 소통하고 유대감을 가질 수 있을까? 깊이 고민했다.

그러던 어느 날, 항상 가던 미용실을 다녀온 아내가 미용을 배워보는 것이 어떻겠느냐고 조심스럽게 물었다. 처음에는 많이 당황했지만, 곰곰이 생각해보니 여자아이라 헤어스타일에 많이 신경 쓸 것 같고 아빠가 머리를 해주면 너무 좋을 것 같았다. 그래서 당장 미용학원을 등록하고 배우기 시작했다.

나는 생각하고 결단하면 바로 행동한다. 체력은 누구보다 자신이 있었기에 곧바로 실천에 옮겼다. 미용 국가자격증을 따기 위해 보통 짧게는 6개월, 길게는 1년까지 준비한다는데, 나는 서른 살이 넘는 나이였기에 시간을 아끼고 싶었다. 그래서 하루에 10시간씩 연습하며 남들이 걸어가는 길을 초강력 엔진을 달고 시속 180킬로미터로 고속 주행했다.

미용가위와 파마 롯드 그리고 메이크업 도구들이 처음에는 낯설기만 했다. 총, 칼, 군장 같은 장비들을 만지던 투박한 손으로 완전 정반대의 물건들을 능숙히 다루기까지 굉장한 노력이 필요했다. 하지만 딸들의 머리를 만져줄 생각을 하니 그 모든 시간이 즐겁기만 했다. 그렇게 2개월 만에 시험을 보고 한 번에 합격했다.

## 미용사가 되다

미용은 스태프라는 견습생부터 시작해야 하고 헤어 디자이너가 되기까지 보통 짧게는 3년, 길게는 5년 이상을 배워야 한다.

나는 남들보다 3배는 더 많이, 더 빨리 배우겠다고 마음먹고 피나는 스태프 생활을 했다. 미용실에서 빗자루를 들고 청소를 하고 샴푸를 했다. 한 손님이 "여기는 원장님이 착하시네요, 직원들 힘들까봐 청소도 직접하고 머리도 직접 감겨주시나 봐요"라고 했다. 서른이 넘은 건장한 남자라 원장으로 보였나 보다.

미용실에 함께 일하는 어린 동료들도 나를 이상하게 쳐다봤다. 무엇보다 주위 친구들의 반응이 가장 격렬했다. "미쳤다"라며 고개를 젓는 친구부터 "네가 그것을 왜 배우냐"라며 걱정하는 친구, "배울 수나 있겠냐"라며 조롱하는 친구까지 있었다. 그러나 그런 말들은 내게 아무런 영향을 주지 않았다.

다만 대수롭지 않은 한마디에 오히려 큰 상처를 받은 적은 있다. 미용실에서 청소하고 머리 감기는 나의 일을 하찮게 여기는 손님이 대수롭지 않게 툭 내뱉은 말 한마디가 더 아팠다. 그래도 내가 원해서 선택한 일이므로 그다음 날 툭툭 털고 내 일을 했다.

나는 배움에 나이가 없다고 생각한다. 목표로 하는 일에 도전하는 내가 자랑스러웠다. 새로운 일을 밑바닥부터 경험하며 그 과정을 잊지 못한다. 꿈을 위해 노력하는 이들의 마음을 헤아릴 수 있는 좋은 기회가 됐다. 나중에 내가 운영자가 되었을 때 반드시 도움이 될 것이다.

새로운 도전은 늘 좋은 경험이다. 편견을 이겨내 또 다른 경험을 할 수 있었고, 원하는 것을 얻었고, 딸들의 머리를 직접 해주는 멋진 아빠가 되었다. 딸들이 TV속 여자 아이돌을 보며 '언니들 머리' 해달라고 나에게 달려올 때 가장 뿌듯하다. 단언하건대, 내가 전역 후 가장 잘한 일 중 하나이다.

나는 생각하고 결단하면 바로 행동한다.

체력은 누구보다 자신이 있었기에 곧바로 실천에 옮겼다.

# 도전을 두려워하지 않았더니 '부캐 부자'가 되었다

유럽의 축구심판을 보면 직업이 의사나 변호사인 사람이 꽤 많다. 참 멋있다고 생각했다. 평생 한 우물을 파서 그 분야의 고수가 되는 것도 의미 있지만, 내가 하고 싶은 일을 최대한 많이 도전해보는 것도 의미 있다고 생각했다. 그러다 보니 자연스럽게 직업이 하나둘 늘어났다.

특수부대 출신 엘리트 경호원이 전역 후 꿈이었다. 그 꿈을 이루고 나서 어떤 목표를 세워야 할지 고민이 많았다. 지금에 안주하기보다 도전하고 싶은 일을 항상 생각했다. '내가 가슴 뛰는 무엇일까?' 자문하며 그 대상을 끊임없이 찾았고 지금도 그러하다. 요즘은 '부캐'라는 말을 많이 쓰는데, 내 부캐는 6개이다.

## 밀리터리 관련 기업의 이사

'택티컬리스트'라는 회사의 이사로 재직 중이다. 전역 후 군인들의 위한 서포터즈가 되겠다고 다짐했다. 내가 가진 군 경력과 이력을 최대한 활용하고 싶어서 사격 금메달리스트 진종오 선수의 추천으로 택티컬리스트에 입사하게 되었다.

택티컬리스트는 나라를 위해 보이지 않는 곳에서 묵묵히 자신의 생명을 담보로 임무를 수행하는 군인, 소방관, 경찰관 등의 처우 개선과 장비 개발을 중점으로 일하는 회사이다. 특히 나는 군인들의 장비와 복지 향상을 위해 애쓰고 있다.

## 방송인

사진 한 장으로 유명해지고 여기저기 방송에서 출연 요청을 받게 되었다. 그중 나를 가장 유명하게 만들어준 방송은 역시 〈강철부대〉이다. 이후 다양한 방송에 출연하며 영역을 넓혀가고 있다.

## 군사학과 교수

강철부대로 유명해지고 내가 근무했던 특수부대 특전사에서 연락이 왔다. 군대에 대한 이미지가 많이 좋아졌는지 지원율이 높아져 우수한 인재들을 선발할 수 있어서 감사하다는 인사도 받았다. 그리고 군에서 교관을 했던 경험을 살려 학교에서 강의를 해주었으면 좋겠다는 제안도 받았다.

직업군인을 하고 싶어 하는 학생들이 더 많은 정보와 좋은 영향력을 받아 올바른 진로를 선택하는 데 도움이 된다면 기꺼이 하겠다고 했다. 그래서 군사학과 초빙교수로 임명되어 직업군인을 목표로 하는 고등학생들에게 실질적인 도움이 되고자 노력하고 있다.

## 유튜버

군대에서 근무할 때 군복을 입고 미국을 간 적이 있다. 공항에 내리자마자 많은 사람이 나에게 "Thank you for your service!"라고 인사하며 반겨주었다. 박수는 물론, 엄지를 세워주는 사람부터 출입문을 잡아주는 사람까지 마치 내가 무슨 영웅인 양 대접해주었다.

군복을 입고 목숨을 걸고 나라를 지키는 군인에 대한 고마움과 존경심을 표현하는 것이란 말을 들었을 때 가슴이 벅차올랐다. 감동적이면서도 가슴 한편이 아팠다. 한국에서 내가 군복을 입고 다닐 때에는 "군바리다"라는 말을 더 많이 들었다. "감사하다"라는 말은커녕 나를 피하는 시선이 대부분이었다.

미국 방문 때 새로운 경험을 한 후 나는 한국도 군인을 대하는 인식이 개선되었으면 좋겠다는 생각을 항상 품고 있었다. 유튜브라는 매체를 이용하기로 마음먹었다. 특수 부대에서 근무했던 경험과 다양한 에피소드를 공개하고 군인들의 멋진 모습과 호감 있는 영상을 만들어 보이면 사람들의 인식이 달라지지 않을까 싶었다. 사비를 털어 콘텐츠를 제작했다. 캠페인도 벌이며 유튜버로서 열심히 도전하고 있다.

현재 장병들의 눈과 귀를 보호하기 위한 캠페인으로 'eyes & ears 캠페인'을 2회 실시하였다. 또 탄소중립과 환경보호를 위한 'save the earth 캠페인'으로 특수부대 후배들과 일반 참여자들과 함께 쓰레기를 주우면서 조깅하는 플로깅을 했다. 그리고 수중침투기술을 활용해 수중 정화활동을 5회 실시하였다.

유튜브 수익은 전부 특수부대 장병들을 위해 기부한다. 앞으로도 더 공익적인 활동을 통해 유튜버로서 좋은 활동과 도전해나갈 계획이다.

## 헤어 디자이너

딸의 머리를 직접 해주고 싶다는 마음으로 시작한 헤어 디자이너의 길은 이색 경력이 아닌 나의 직업이 되었다. 헤어 디자이너를 꿈꾸는 친구들에게 배움과 도전의 길을 열어주고자 미용실도 운영하게 되었다. 그 결과 두 명의 제자가 헤어 디자이너가 됐다.

영화 〈아저씨〉에서 자신의 신분을 숨기고자 전당포를 운영했던 원빈처럼 내가 운영하는 미용실을 농담 반 진담 반으로 오해하는 사람들도 적지 않은데, 미용실이 맞다. 열정을 가지고 헤어 디자이너의 길을 걷는 친구들에게 디딤돌이 되길 바란다.

## 키즈 카페 사장

지금 내가 운영하는 키즈 카페는 딸들과 주말에 종종 놀러가던 단골 키즈 카페였다. 아이들이 너무 잘 놀고, 엄마 아빠들은 조금이나마 휴식할 수 있어서 부모들이나 아이들에게도 키즈 카페는 마치 천국과도 같은 곳이었다.

기회가 된다면 이런 좋은 곳을 내가 운영해봐도 좋겠다는 마음이 있었는데, 마침 당시 키즈 카페 사장님이 이사를 가게 됐다고 해서 나에게 인수 기회가 왔다. 그렇게 키즈 카페를 운영하게 되었다. 지금도 아이들의 놀이터로, 육아에 지친 부모들의 휴식 공간으로 잘 운영해나가고 있다.

아름답다고 생각해야
아름다운 것이 보인다

특전사에 들어가 미친 듯이 훈련했다. 가장 강한 특수부대원이 되고 싶어서 스스로를 혹독하게 괴롭혔다. 주어진 명령에 복종하고 임무를 완수하려는 생각만 가지고 살았다고 해도 과언이 아니다. 그렇게 지내다 보니, 어느새 내 눈빛이 달라져 있었다. 죽을 만큼 힘든 훈련을 받을 때에는 독기가 가득한 걸 스스로도 느낄 수 있었다.

눈에 살기를 띠고 생활하다 보니, 어느 순간 내 마음이 냉정해진 게 확실히 느껴졌다. 나 자신이 마치 감정 없는 로봇 같았다. 그런데 기쁨, 슬픔, 무엇보다 행복을 누리지 못하는 사람으로 살고 싶지는 않았다. 로봇 같이 감정 없는 내 마음을 녹이고 싶었다. 특히 아내나

가족에게도 군인처럼 딱딱한 나 자신이 싫어서 바꾸고 싶었다.

학창시절에 나는 어땠는지 생각해봤다. 나는 노래도 좋아하고 그림 그리는 것도 좋아했다. 예쁜 꽃도 좋아하고 글 쓰는 것도 좋아했다. 예전의 나처럼 감성적인 사람이 되어야겠다고 다짐하고, 이후 산에 훈련을 갔을 때 지금껏 보지도 않았던 들꽃들을 일부러 찾아서 시선을 두기 시작했다. 아름다운 야생화가 많았다. 그동안 늘 내 주변에 있던 것들인데 내가 보지 못한 것이었다.

꽃을 보면 그 아름다움이 느껴지면서 조급했던 마음이 풍요롭고 따스해졌다. 꽃을 보고 자연을 보고 나면 마음에서 그려지는 말들이 있다. 그 말들을 글로 옮겨 적다 보면 마음이 편안해졌다. 그리고 생각들도 정리할 수 있었다.

지금도 나는 여전히 꽃을 좋아하고, 꽃을 선물하는 것도 좋아한다. 화원에 들러 맘에 드는 꽃을 한 다발 사서 꽃꽂이를 할 때면 더없이 행복하다.

감성이 풍부해야 내 주변을 더 아름답고 따뜻하게 바라볼 수 있다고 생각한다. 사람도, 사물도 더 따스하게 바라보고 싶다.

기쁨, 슬픔, 무엇보다

행복을 누리지 못하는 사람으로 살고 싶지는 않았다.

로봇 같이 감정 없는 내 마음을 녹이고 싶었다.

# 세상에서 가장 든든한 습관

✧

내게는 조금 특별한 습관이 있다.

엘리트 경호원이 되고자 경호학과를 갔을 때 경호원의 자질에 대한 교육을 받으며 생긴 습관인데, 언제 어디를 가든 새로운 환경을 분석해 혹시 모를 사태에 대비하는 것이다. 혹시 일어날  일을 가정하여, 주변 지형과 건물을 숙지하고 비상대피로 동선 등을 파악하는 습관이다.

어릴 적부터 지형에 대한 탐구가 남달랐던 덕에, 하늘에서 아래를 내려다보는 위성사진처럼 나는 내가 서 있는 주변과 목적지의 형태를 파악하는 것을 좋아했다. 그래서 어디를 가든지 지도를 숙지하고 머릿속에 이미지를 그리면서 간다. 그리고 가장 가까운 병원, 소방서, 경찰서는 위치, 거리, 이동시간, 연락처를 머릿속에 새겨놓는다. 그렇게 하면 위급상황이 생겼을 때 당황하지 않고 신속하게 도와줄 수 있다.

예를 들어 갑자기 극장에 불이 나면 사람들은 119에 신고를 하면서도 어디로 대피할지, 어떻게 행동할지 몰라 당황해한다. 그럴 때 응급처치법을 알려주고, 최기소방서(가장 가까운 소방서)를 알려 현장을 안정화하고 차분하게 대피할 수 있게 하는 것이다. "여러분! 가장 가까운 ○○소방서가 500미터 떨어져 있어 5분 내로 도착할 겁니다! 안심하고 기다리시면 됩니다! 걱정하지 마세요!"라고 외친다면 사람들이 좀 더 안심하고 대피할 수 있으리라. 병원과 경찰서도 마찬가지이다.

사고나 재난은 언제 어디서든 일어날 수 있다. 그래서 나는 어느 곳을 방문하든 항상 건물의 구조와 대피요령, 대피장비 등을 체크하는 습관이 있다.

지금도 내 수첩에는 오늘의 이동 스케줄과 주변 정보가 빼곡하게 적혀 있다. 메모는 반드시 펜으로 수첩에 적는다. 자필로 메모해야 기억하기 쉽기 때문이다. 언제 어디서든 누구에게든 도움을 줄 수 있는 든든한 경호원이고 싶다.

사고나 재난은 언제 어디서든 일어날 수 있다.
그래서 나는 어느 곳을 방문하든 항상 건물의 구조와
대피요령, 대피장비 등을 체크하는 습관이 있다.

# 마음 가득 생각이 떠오를 때
# 나는 시를 쓴다

✧

나는 시를 참 좋아한다. 파병지에서도 명상을 하고 시를 읽으며 마음을 정리하곤 했다. 그러다 어느 순간부터 마음속 감정을 시로 표현하기를 좋아하게 되었다. 지금도 때때로 마음이 복잡해지면 시를 읽고 시를 쓴다. 내 마음에 떠오르는 생각을 시로 표현하는 것이 참 좋다.

한 프로그램을 통해 나태주 시인을 만날 수 있는 기회가 있었다. 나태주 시인은 내가 가장 좋아하는 시인이다. 쉬운 단어와 두세 줄의 짧은 시이지만 시인이 전하고자 하는  감정은 충분히 전달되기 때문이다.

두 번 고민도 하지 않고 스케줄을 잡았고 드디어 나태주 시인을 만났다. 그리 많은 대화를 나눈 것은 아니지만, 감성을 시로 표현하는 법과 시 쓰는 법을 1:1로 배웠다. 그 자리에서 두 딸에 대한 나의 소망을 시로 표현해보았다.

✧

**소망**

세상을 늘 새롭게 볼 수 있기를
오롯이 너의 눈으로 살아갈 수 있기를
아빠와 더 멀리 더 오랫동안

✧

그리고 감사하게도 나태주 시인은 내게 그 자리에서 자필로 시를 써주셨다. 딸아이를 생각하는 내 마음이 시어(詩語)로 아름답게 담겨 있었다. 마치 내 마음속을 그대로 옮겨놓은 것처럼.

✧

**딸에게**

**-나태주-**

세상에는 없는 꽃
세상에는 없는 향기

하늘을 나르는 별 하나
내 옆에 와 잠시 앉았구나

너 없는 나의 세상
얼마나 적막했을까

딸아 이다음 나 없는 세상
너무 힘들어하지 말아라

별이 되어 어둔 밤 내가
너를 지켜보아 줄 것이다

✧

유시진

대위냐고요?

✧

2016년 〈태양의 후예〉라는 드라마가 대한민국을 강타했다. 드라마 속 주인공인 유시진 대위는 국내를 넘어 전 세계적으로 인기가 치솟았고, 너 나 할 것 없이 '아니지 말입니다'라는 말투를 썼다. 여자들이 가장 싫어하는 게 군대 얘기, 축구 얘기, 군대에서 축구한 얘기라는데, 드라마가 방영이 되던 그 시기만큼은 이 모든 게 허용될 정도였다.

인기가 그 정도였으니 나도 그 드라마를 관심 있게 보았다. 마치 내 얘기가 아닐까 싶을 정도로 비슷한 부분이 많았다. 유시진 대위는 05군번에 707팀으로 해외 파병을 나갔는데, 나 역시 05 군번으로 707팀으로 해외 파병을 다녀왔다. 05군번은 겨우 세 사람이었는데 그중 파병을 간 사람은 내가 유일했기에 더욱 놀라웠다.

또 드라마 내용 중 유시진 대위가 데이트를 하다가 작전 명령으로 헬기를 타고 급히 떠나는 장면이 나왔는데 실제 내 얘기였다. 물론 헬기를 타고 작전지로 간 건 아니지만, 지금의 아내와 데이트 도중 비슷한 일이 있어서 신기할 따름이었다.

나 자신도 유시진 대위와의 평행 이론에 놀랄 정도였으니, 주변 사람들의 궁금증은 더했다. 그 당시에 '유시진 대위의 실제 모델이냐'라는 질문을 수도 없이 받았고, 지금도 종종 받는다.

그러나 〈태양의 후예〉를 집필하신 김은숙 작가를 개인적으로 알지 못하고, 그 드라마를 준비하는 과정에서 그 어떤 도움을 드린 적도 없다. 다만 조심스럽게 추측하는 것은, 나를 잘 아는 누군가의 얘기를 듣고 유시진 대위 캐릭터를 만들지 않았을까 싶다.

혹시라도 나중에

〈태양의 후예〉 관계자를 만나면 꼭 물어보고 싶은데,

기회가 있을지 모르겠다.

# 그 아버지에 그 아들

나는 부모님의 말씀을 정말 잘 듣는 아이였다. 사춘기에도 그 흔한 반항 같은 것도 해본 적이 없다. 말썽 한 번 피운 적 없다 보니 부모님은 내가 친구들과 어울려 다녀도 걱정하지 않으셨다.

어머니는 사랑이 많으신 분이다. 언제나 따뜻하게 대해주셨고, 특히 나의 건강을 위해 몸에 좋은 것을 정성껏 챙겨주셨다. 그것은 세월이 지난 지금까지도 변함이 없다. 반면 아버지는 대부분의 경상도 남자들이 그렇듯이 말이 없고 무뚝뚝하셨다. 속내도 잘 드러내지 않으셨다.

하지만 아버지는 삶에 대한 철학이 분명하셨다. 남에게 절대 피해를 주면 안 된다는 것이 아버지의 신조였다. 그리고 어른에게든 누구에게든 항상 예의를 지키며 살라고 하셨다. 아버지 역시 그렇게 살아오셨고, 나 또한 그렇게 살아주기를 바라셨다. 나는 그것을 늘 마음에 새겼다. 아버지가 그랬던 것처럼 내가 손해를 볼지언정 누구에게든 피해를 주지 않고 타인에 대한 존중과 예의를 지키며 살고 있다.

## 불쑥 건넨 뜨거운 진심

고생하시는 부모님의 짐을 조금이라도 덜어드리고 싶어서 고등학교를 졸업하자마자 독립했다. 대학 등록금과 학비, 용돈 등을 스스로 해결했다. 혼자서도 잘해내는 모습을 보여드리고 싶었고, 이렇게나마 힘을 보태드리는 것이 자식 된 도리라고 생각했다.

아버지는 아들인 내게 사랑한다는 말을 단 한 번도 하지 않으셨다. 나도 그러려니 했다. 그런데 고등학교를 졸업하던 무렵이었다. 그때 나는 처음으로 아버지와 단 둘이서 외식을 했다. 고깃집에서 둘이 만나 함께 밥을 먹는데 아버지가 불쑥 말씀하셨다.

"아버지가 너를 얼마나 사랑하는지 모르지? 말 안 하고 표현 안 해도 아버지의 삶은 너를 위한 삶이었고 앞으로도 그럴 거야. 부디 건강하고 착하게 살아가길 바란다."

아버지는 눈물을 글썽이셨다. 그 말을 듣는 순간 나도 울컥하고 눈물이 났다. 태어나서 처음으로 들은 아버지의 속내였고 사랑한다는 고백이었다. 나는 마음과 눈으로 눈물을 흘렸다.

항상 엄하고 무뚝뚝하기만 한 아버지인줄 알았는데……. 이제 자식이 공부한다고 집을 떠나 멀리 타지로 간다고 생각하니 평소에 하지 못했던 말씀을 꺼내신 것 같았다. 말하지 않는다고 그 마음까지 없던 것은 아니었던 것이다. 그날 이후 나는 아버지와 조금 더 가까워진 것 같았고, 가까워지려고 더욱 노력했다.

## 그 아버지에 그 아들이고 싶다

아버지는 공사장에서 토목공사를 하신다. 사람들이 막노동이라고 부르는 그 일을 오랫동안 해오셨다. 나는 아버지의 일을 도와드리고자 방학이 되면 집에 내려와 함께 공사장 일을 했다. 힘들고 춥고 고된 일이었다. 이런 일을 그토록 오래 하다니 아버지가 새삼 대단하게 느껴졌다.

아버지는 학창시절 마라톤 유망주였다. 전국대회에서 1등을 할 만큼 실력이 있었고, 체육고등학교에서 스카우트 제의가 들어올 정도였다고 한다. 집에는 아버지가 마라톤 대회에 나가서 딴 메달이 수십 개나 된다.

하지만 아버지는 집안의 장남이고, 아래로 동생이 6명이나 있다. 가난한 집안 형편 때문에 어쩔 수 없이 운동을 포기하고 시골에서 농사를 지으며 그 어린 동생들을 뒷바라지 해야만 했다. 아버지도 꿈이 있으셨을 텐데 말이다.

아버지와 함께 일하면서 좋은 추억이 하나둘 생겼다. 무더운 여름날 공사를 일찍 끝내고 개울에서 시원하게 등목을 한 뒤 함께 고기를 구워 먹었던 기억이 난다. 아버지가 나를 보고 환하게 웃는 모습이 지금도 선하다. 나는 그때 다짐했다. 남은 날 동안 아버지의 얼굴에 이 웃음을 더 많이 짓게 해드리겠다고.

종종 사람들에게서 잘생겼다는 말을 들으면 쑥스러운 웃음과 함께 "부모님께 항상 감사하고 있습니다"라고 답한다. 외모는 내 노력이 아니다. 부모님이 낳아주셨기 때문에 그저 감사할 뿐이다. 그런데 나는 외모보다 한 인간으로서의 됨됨이를 잘 가꾸어주신 부모님께 더 많이 감사드린다. '그 아버지에 그 아들'이라는 말을 좋아한다. 아버지의 얼굴을 닮은 것처럼 아버지의 그 좋은 마음을 그대로 닮고 싶다.

아버지가 그랬던 것처럼 내가 손해를 볼지언정
누구에게든 피해를 주지 않고
타인에 대한 존중과 예의를 지키며 살고 있다.

# 꼴찌팀은 어떻게 3개월 만에 최강팀이 되었나

장교는 한 부대에서만 계속 근무할 수가 없다. 고급장교로 올라갈수록 여러 가지 보직을 순환해야 한다. 보직을 받으면 보통 12개월에서 18개월가량 근무한 뒤 또 다른 자리로 옮기게 된다. 나는 707부대에서 장교로 6년을 근무했고 교관팀장을 끝으로 OAC라는 장교 고군반으로 갔다.

대위 계급을 달게 되면 장기 복무자는 필수로 OAC에 가게 되어 있는데, OAC를 간다는 것은 그 부대를 떠난다는 말과도 같다. OAC는 지휘관 및 참모로서 배우고 익혀야 할 것들을 훈련받아 고급장교가 되는 과정이다.

OAC를 수료할 때쯤 희망하는 부대를 지원할 수 있는 기회가 주어졌다. 나는 특전사로 다시 돌아가야 한다고 생각해서 아무 고민 없이 특전사 중대장에 지원했다.

## 다시 특전사로

특전사는 전국에 본부격인 특전사령부와 7개의 예하 특전사 부대가 있다. 그중 나는 특전사 11여단과 707에서 근무했다. 면접관은 내게 특전사에서만 오랫동안 근무했는데 왜 또 굳이 특전사를 가려고 하는지 물었고 이렇게 답했다.

"특전사에서 많은 훈련과 경험을 했습니다. 특수작전만큼은 누구보다 전문가라고 생각합니다. 그동안 보여준 많은 성과도 있지만 앞으로 해야 할 일이 더 많다고 생각하므로 특전사에 몸담고 싶습니다."

사실 특전사에만 근무하면 진급에 불리할 수도 있고, 더 큰 장교로 성장하지 못할 수도 있다. 전쟁은 특수부대만 하는 것이 아니기 때문이다. 면접관도 그 부분을 우려 섞인 목소리로 알려주었다. 분명 틀린 말은 아니다. 그렇지만 누군가는 해당 분야의 전문가가 되어야 하고, 그 전문성이 발휘되어야 특수부대의 활용 가치가 있다는 소신이 있었다.

나는 진급을 하려고 군대에 입대한 것이 아니었다. 고급장교가 되고 싶어서 장교의 길을 택한 것도 아니었다. 내가 필요로 하는 곳에서 가슴 뛰는 일을 하고 싶었고 인정받고 싶었다. 비록 진급에는 불리하더라도 나는 특수부대원들과 전투 발전을 꼭 이루어보고 싶었다. 그렇게 고집 아닌 고집으로 특전사에 다시 돌아가게 되었다.

## 꼴찌 탈출을 목표로

내가 발령받은 곳은 특전사 13여단이라는 부대였다. 충북 증평에 위치한 특전사로 나도 처음 가보는 곳이었다. 그곳에서 보직을 받아야 하는데 내가 가기 전부터 707에서 대테러 교관팀장이 내려온다는 소문이 났다. 707에서 왔다고 하니, 어떤 사람인지, 또 얼마나 잘하는지 다들 지켜보겠다는 뜻의 부대원들의 시선이 느껴졌다.

'여단'은 준장(별 1개)이 지휘하는 특전사 부대이다. 특수전팀이 수십 개 있고, 1개의 특수임무대가 있다. 좀 더 특별한 임무를 수행하는 인원들을 선발해서 정예화 한 부대가 특수임무대다. 707에서 대테러 전문특기를 가진 나는 당연히 특수임무대에 중대장으로 배치를 받았고, 선임중대장으로 임무를 부여받았다.

특수임무대는 매년 최상급 부대인 특수전사령부에서 임무수행능력평가를 받는다. 전투력 측정, 전술능력평가라는 것인데, 이 평가로 1년 동안 얼마나 전투력을 잘 유지하고 있는지, 어느 부대가 가장 전투력이 뛰어난지를 판가름한다. '1년 농사'라고 할 만큼 매우 중요한 평가이고 무엇보다 1년에 딱 한 번 최고의 부대를 선발하는 것이기 때문에 부대 간 자존심 대결도 일어난다.

내가 전입을 갔을 때는 임수행능력평가를 약 3개월 앞두었을 즈음이었다. 듣자하니 우리 부대는 지난 평가에서 꼴찌를 했다고 한다. 그래서 많이 의기소침해져 있었고, 훈련도 제대로 하지 못했다. 소령인 특수임무대 대장님이 나를 불렀다.

"이번 특임대 평가준비의 전권을 너에게 위임하겠다. 뭐든 지원해주겠다. 1등으로 만들어보자!"

이렇게 특임대의 훈련지휘를 맡게 되었다. 부담은 되었지만 그렇다고 못할 것도 없다고 생각했다. 지원해주겠다며 나를 믿어주어 그저 든든하고 감사할 따름이었다. 그 기대에 부흥하고 싶었다. 또한 우리 팀원들과 열심히 준비해 좋은 성과를 내고 싶은 열정이 생겼다.

나는 곧바로 훈련계획을 수립했다. 우선 작년에 어떤 점이 부족했는지를 면밀히 분석하고, 팀원 한 명 한 명의 전투력을 체크했다. 그리고 무엇보다 남은 기간 동안 하루 24시간 중 충분한 시간을 확보해 함께 훈련해야겠다고 생각했다. 남은 기간은 3개월. 나는 팀원들을 모두 모으고 결의를 다졌다.

"나를 믿고 따라주길 바란다. 지금부터 정말 최선을 다해야 한다.

한 번쯤 죽도록 노력해봐야 하지 않겠나? 최선을 다하고 결과가 좋다면 너무나 큰 기쁨일 것이다. 그러나 결과가 좋지 않다고 해도 여러분은 지금보다 훨씬 성장해 있을 것이다. 여러분 인생에 있어서 결코 후회 없는 시간이 될 것이다."

이전에는 체력단련과 사격 등 훈련별로 다 같이 했다고 한다. 나는 그 방식보다는 개인별로 잘하는 것과 부족한 부분을 확인해서 집중 숙달하는 게 좋다고 생각했다. 팀 단위 훈련을 완전히 바꾸어 숙달해야 할 훈련과제별로 바꿨다. 개인별 단련이 어느 정도 된 뒤에 팀 단위 훈련을 해야 팀의 전투력이 평균적으로 높아진다.

체력단련부터 시작해 각 훈련별로 내가 맨 앞에 서서 뛰었다. 매일 아침저녁으로 보충 체력단련을 했고, 사격, 레펠, 전술훈련, 전술토의 등을 체계적으로 해나갔다. 특히 팀의 막내들을 챙겼다. 선임자들은 자신들의 위치나 자존심이 있기 때문에 알아서 잘하는 데다 충분한 노하우도 있다. 무엇을 해야 할지 잘 알기 때문에 내가 방향만 잘 잡아주면 된다. 하지만 중간 연차나 막내들은 일일이 확인해주어야 한다.

팀원들과 얼마나 소통이 잘되는지도 중요하다. 늘 실전처럼 훈련하고 피드백하고 성과분석을 해야 한다. 팀원 한 명 한 명과 훈련에 대해 이야기하고, 어려움과 부담감까지 공감하며 소통했다. 그래야 진정한 리더십을 발휘할 수 있다.

## 결전의 날

어느덧 3개월이 지나 드디어 평가받는 날이 왔다. 추운 겨울이었지만 우리의 가슴은 뜨겁게 타올랐다. 나는 한 명씩 팀원들의 눈을 바라보았다. 결의에 찬 그들의 눈빛을 아직도 잊지 못한다.

'지난해 꼴찌부대라는 불명예를 갚을 수 있는 기회이다.'

침착하게 우리가 준비한 대로만 하면 되었다. 내가 먼저 나섰고, 나를 따라 팀원들도 최선을 다해 따라주었다. 그렇게 하나하나 평가가 진행되었다. 멀리서 우리를 지켜보는 특임대장님도 응원해주었다.

일주일에 걸쳐 사격, 체력, 장애물 극복, 전술, 전술이론 등의 평가를 마치고 부대로 복귀했다. 어떤 결과가 나오든 상관없다고 생각했다. 그저 이 모든 과정을 최선을 다해 임해준 팀원들이 너무도 자랑스러웠다.

한 달쯤 지나 최종 결과가 발표되었다. 전투력 최우수부대는 바로 우리 팀이었다. 우리는 모두 얼싸안고 기뻐했다. 우리가 다 같이 이루어낸 결과였다.

평가에서 1등을 차지한 특수임무대 전원에게 일주일간의 포상휴가가 내려졌다. 군생활을 하는 동안 팀 전원이 일주일이나 포상휴가를 받은 일은 이때가 처음이자 마지막이었다. 그만큼 파격적인 일이다. 포상휴가는 보통 길어야 3박 4일 정도인데 일주일이라니, 그것도 팀 전원이 말이다.

## 꼴지팀은 철인팀이 되었다

팀원들 중에서 고공침투 전문훈련을 받은 12명과 함께 UAE 아랍에미리트에 파병을 갔다. 그곳에서 특전사 4개팀과 707팀, 특수임무대, UDT, 그리고 우리 고공팀이 함께 파병임무를 수행했다.

내로라는 국가대표 부대원들이 모인 아크부대에서 파병팀 간 체력평가가 있었다. 낮 기온 54도의 불같은 날씨 속에서 사막에서 펼쳐진 10킬로미터의 마라톤과 체력평가였다. 우리 팀이 그들을 제치고 1등을 했다. 수개월을 함께 동고동락하며 쌓인 자신감, 도전정신, 불굴의 의지가 합쳐져 만들어낸 결과였다. 팀원들은 이미 꼴찌에서 1등으로 올라설 수 있는 힘이 생겼다. 나 또한 중대장으로서 팀원들에게 뒤처지기 싫다는 마음으로, 내가 먼저 잘해내야 팀원들이 따라올 수 있다는 마음으로 열심히 훈련하고 지휘했다.

리더로서 내 신념은 체력이든 전술이든 어떤 분야든 팀원들보다 항상 앞장서야 한다는 것이다. 그 생각이 나를 움직이게 했고 노력하게 만들었다. 팀원들도 그런 나의 모습을 지켜봤기에 중대장인 나를 따랐을 것이다.

그동안 707에서의 2개 팀, 13여단에서의 2개 팀, 이렇게 총 네 차례 팀장을 맡으면서 모두 1등을 해본 경력이 있다. 이는 군 생활 중 가장 자랑스럽고 영광스러운 결과이다.

특전사의 모든 대원은 지원을 해서 입대한다. 그들의 잠재된 능력은 무궁무진하다는 것을 안다. 얼마만큼 그 능력을 끌어내는가, 얼마만큼 그들을 가슴 끓도록 하느냐에 따라 전투력은 달라진다. 어떤 일이든 팀원들과 함께하는 자리에 있다면 그곳에서 최고가 되어보는 도전을 다 같이 한번 해보길 바란다.

리더로서 내 신념은 체력이든 전술이든 어떤 분야든
팀원들보다 항상 앞장서야 한다는 것이다.
그 생각이 나를 움직이게 했고 노력하게 만들었다.

# 안 되면 되게 하라

✧

아크부대 4진 고공팀은 아랍에미리트 특수부대 고공팀과 네 번에 걸친 연합훈련을 진행했다. 한 번의 훈련이 4~6주간 진행되는데, 현지의 공군 항공기로 고공강하와 지상 전술훈련을 주로 한다. 하늘로 올라가 낙하산을 타고 내려오는 고공강하 훈련을 하려면 최대한 많은 항공기를 지원받아야 한다. 항공기 협조 및 신청은 한국군의 교육담당 장교가 한다. 우리는 거의 매일 항공기를 신청해서 고공강하를 계획했다. 계획대로라면 6개월 동안 200여 회의 고공강하가 가능했다.

첫 번째 연합훈련은 계획대로 충분히 항공기가 지원되어 순조롭게 연합훈련이 진행되었다. 문제는 두 번째 연합훈련이었다. 현지 아랍에미리트군(이하 UAE군) 공군항공기 지원 담당 장교가 갑자기 항공기를 계획대로 지원하지 못한다고 통보해왔다. 자국 공군훈련이 있어서 한국군 훈련에 매일 지원해주기는 어렵다는 것이었다. 일주일에 한두 번밖에 지원해줄 수 없다고 했다.

갑자기 항공기 지원이 끊기면 고공팀 연합훈련에 큰 차질이 생긴다. 한국군 담당장교에게 무조건 다시 요청해달라고 연락했지만 불가능하다는 통보만 계속됐다. 이렇게 전화만 해서는 아무것도 안 될 것 같아서 직접 UAE담당장교를 찾아 가기로 마음먹었다. 그때까지 한국군이 UAE군 공군지원 담당장교를 방문한 적은 한 번도 없었다고 한다. 나는 용기를 내어 연락장교를 통해 방문을 정식 요청했다. 짧아도 좋으니 한 번만 만나 달라고 강하게 밀고 나갔다.

지성이면 감천이라고 했던가. 어렵게 방문 허락을 받았고, 혼자 UAE군 담당자를 찾아갔다. 담당장교는 UAE군 대령이었고 나는 한국군 고공팀 대위였다. 들어가자마자 절도 있게 경례하고 서툰 아랍어로 인사했다. 영어로 항공기를 지원받아야 하는 이유를 브리핑했다. UAE대령은 호기 있는 한국군 대위의 요청이 대견했는지 지원해야 하는 이유에 대해 구체적인 답변을 요구했다.

나는 한국군과 UAE군의 전술능력 향상에 큰 도움이 될 훈련성과를 요목조목 설명했고, 훈련성과에 대한 확신을 전달했다. 그렇게 10여 분간의 대화 끝에 담당장교는 웃으며 "좋다! 지원해줄지 고민

해볼 텐데 한 가지만 부탁하네. 내가 태권도를 좋아하는데 혹시 발차기 시범을 이 자리에서 보여줄 수 있나?" 하고 말했다.

못 보여줄 이유가 없었다. 오히려 '기회다!' 싶었다. 수십 차례 시범단으로 활동한 내게 발차기는 식은 죽 먹기였다. 시범을 요청한다는 것은 내 건의가 먹혔다는 뜻 같아서 신이 났다. 나는 좁은 사무실 안에서 돌려차기, 뒤돌려차기, 점프차기, 360도 발차기까지 태권도 유단자인 내가 할 수 있는 모든 것을 보여줬다. 나의 화려한 발차기 시범을 본 UAE대령은 크게 기뻐하며 내게 악수는 물론 기념촬영까지 요청했다. 그리고 곧바로 수화기를 들어 실무자에게 항공기를 최대한 지원해주라는 지시를 내렸다.

나는 뿌듯함을 안고 숙소로 돌아와 팀원들에게 반가운 소식을 전했고, 우리는 서로 얼싸안고 온몸으로 기쁨을 표현했다. '안 되는 건 없다! 안 되면 되게 하라!' 하고 또 한 번 배웠다. 이후 우리 고공팀은 아크부대 파병 고공팀 이래 유례없는 항공기 지원으로 매일 고공강하 훈련을 할 수 있었다. 지금까지도 파병한 고공팀 중 가장 많은 고공강하 훈련을 한 전설의 팀으로 기억되고 있다.

일단 시작했다면
완성할 일만 남았다

✧

707특수임무단 국가대테러 교관으로 보직을 받고 연구 강의를 준비한 적이 있다. 대한민국 군에서 대테러를 가장 잘하는 부대이자 국내외 모든 관련 부대와 기관을 교육하는 곳에서 근무하게 된 것에 자부심으로 가득 차 있던 나는 교관 팀장이 되자마자 교관들의 교안을 확인했다. 30여 년간 많은 교안이 만들어졌을 텐데, 얼마나 체계가 잡혔는지 궁금했다. 역시나 교관마다, 과목마다 방대한 양의 전투기술과 교안이 있었다.

'어? 대테러 전투기술 교범이 없네?'

군대의 모든 훈련은 교범을 가장 기본으로 하고, 거기에서부터 각 부대 및 임무 특성에 따라 발전시킨다. 그런데 대테러 교육의 근

본인 대테러 전투기술 교범이 없다니……. 그 점이 신경 쓰였던 나는 연구 강의를 준비하면서 가장 먼저 교관들과 함께 교안을 통일했다. 교관마다 다른 양식을 하나하나 정리했다. 내 지시에 누구 한 명 불평도 없이 열정적으로 동참했다.

밤을 새우며 준비한 지 한 달이 지났고, 연구 강의 발표 날이 되었다. 707대대장님께서는 내 발표를 듣고 나서 팀원이 발표하기로 한 내용은 더 이상 들을 필요도 없다고 하셨다. 얼마나 완벽히 준비했을지 충분히 알겠다며 애로 및 건의사항만 각 교관에게 말하라고 하셨다. 한 달 동안 밤낮없이 애쓴 노력을 보상받는 순간이었다.

우리 교관팀은 함께 교범을 만들자고 다짐했다. 대테러작전 기본 이론부터, 체력단련, 레펠, 장애물극복, 대테러사격, 버스 지하철 열차 항공기 등 유형별 작전, 저격수 운용에 이르기까지 자체 교안을 정립했다. 우리가 만든 대테러훈련 교안으로 육해공, 정부기관, 경찰에 이르기까지 대테러 교육을 시행했다. 그러자 여러 부대와 기관 관계자들이 교안을 보고 싶다며 연락을 해오고 직접 찾아오는 이도 많았다. 대한민국에서 우리만이 가지고 있는 훈련교안이다 보니 전국에서 연락이 왔다. 나는 거기에 만족하지 않고 '이왕 이렇게 된 거 정식 교범으로 만들자!' 하고 마음먹었다.

군대에서 교범을 만드는 일은 굉장히 의미 있지만 많은 노력과 시간을 들여 검수 작업을 해야 한다. 그렇지만 시작이 반이지 않은

가. 이 나라를 위해서 누군가는 꼭 해야만 하는 일이다. 내가 시작하지 않으면 또 누가 언제 여기까지 오겠나. 사명감으로 과목별 교안을 정립하는 일에 매진했다. 외국 교안을 번역하고 과거의 교안들을 찾아 연구했다.

열정을 쏟았으나 임기 동안 교범을 완성하지 못하고 교관을 마쳐야 했다. 임기가 끝나 떠날 때 교관과 후배들에게 꼭 완성해줄 것을 당부했다. 다시 돌아와 완성하고 싶은 마음이 굴뚝같았지만 보직을 내 마음대로 할 수는 없는 노릇이었다. 아쉽지만 시작은 내가 했으니 누군가는 마무리 지을 거라 믿고 떠나야 했다.

내가 떠난 지 어느덧 10년이 지났다. 그런데 얼마 전에 '대테러 전투기술'이라는 교범이 완성되었다는 소식을 들었다. 그 당시 나와 함께 시작했던 교관이 선임 교관이 되어 그 일을 완수했다는 것이다. 참으로 기쁘고도 놀라운 소식이었다. 그 일의 시작에 내가 있었다는 사실에 마음이 벅차올랐다. 이 자리를 빌려 시작을 잊지 않고 목표를 완수한 교관에게 경의를 표한다.

그 어떤 힘든 일일지라도 모든 일에는 시작과 끝이 있다. 그런데 두려움, 게으름 등의 이유로 출발선에 서지 못하는 사람이 많다. 시작하는 게 얼마나 큰일이면 '시작이 반'이라고 했을까. 일단 시작하면 완성할 일만 남는다.

## 강철 행동력 키우는 법

강철 행동력은 하고 싶은 것이 생겼을 때 짧게 생각하고 곧바로 행동으로 옮기는 것이다. 강철 행동력을 키우는 방법은 경험이다. 그것도 '많은 경험'이다.

나는 지금껏 하고 싶은 일이 생기면 고민을 많이 하지 않고 일단 움직여 경험해보았다. 고민하며 머뭇거리는 시간에 한 번 더 행동해보는 것이 나았다. 경험해서 몸소 터득하면 다음에 그와 비슷한 일을 하게 되면 조금 더 자신감을 갖고 할 수 있게 된다. 경험치가 쌓이는 것이다.

세상에는 새로운 경험을 두려워하는 사람이 많다. 사회적 위치 때문에, 자신의 성격 때문에, 실패의 두려움 때문에 그렇다. 또한 사람들의 시선을 의식하기도 한다. 그런데 이런 것들은 조금만 내려놓으면 아무것도 아니다.

나는 군에서 10년간 장교로 있다가 서른이 넘어서 사회 미용실에서 일을 했다. 청소부터 시작해 샴푸하는 법을 배우고 이후 파마하는 법, 커트 하는 법, 사람들과 대화하는 법 등을 하나하나 배웠다. 내가 배우고 싶거나 원하는 것을 얻기 위해서는 행동하지 않고는 이룰 수 없다.

경험하지 않은 일이기에 두려운 것도 사실이다. 두려움을 이기고 해보았을 때의 감각도 의미가 있다. 작은 경험부터 어렵고 힘든 경험까지 많으면 많을수록 좋다. 경험이 쌓이면서 자신감과 함께 사고도 넓어졌다.

나는 스무 살에 처음 해외여행을 가보았다. 처음에는 '말도 안 통하는데 어떻게 돌아다니지?' 하고 걱정도 되었지만 일단 저질러보자는 심산으로 과감하게 비행기표를 끊었다. 그리고 무작정 떠났다. 젊은 날에 할 수 있는 경험을 마음껏 했다. 나와 다른 환경에서 살아가는 외국인들과 함께하며 그들의 직업, 문화 등을 배울 수 있었다. 그런 시간을 보내고 나니 자꾸만 더 넓은 세상이 보고 싶어졌다.

대학을 졸업할 때까지 17개국 50여 개 도시를 돌아다녔다. 해외여행을 가기 위해 수업이 끝나면 저녁에 아르바이트를 했고, 한 달에 70만 원씩 3개월을 모아 방학이 되면 비행기를 타고 해외로 나갔다.

많은 곳을 보고, 많은 사람을 만나고, 많은 일을 겪었다. '세상은 넓고 할 일은 많다'라는 말이 이해가 간다. 생각을 실천하는 동력은 내가 차곡차곡 쌓아놓은 경험이다.

나는 여전히 하고자 하는 바가 있으면 바로 행동한다. 행동이 끝났을 때 잘되어서 좋은 결과를 얻으면 너무나 기쁘다. 혹여 잘 안되었을 때에는 후회보다는 또 하나를 경험했다고 생각한다.

사람들이 행동하지 않는 이유는 실패를 두려워하기 때문이다. 결과가 잘못되어 좌절의 감정을 느끼고 싶지 않은 것이다. 이해가 안 가는 것은 아니다. 좌절감을 좋아하는 사람은 아무도 없을 테니까. 하지만 해보지 않으면 모른다. 좌절감도 경험해본 사람만이 아는 것이다.

한 번도 가보지 않은 곳, 한 번도 이야기 나눠보지 않은 사람, 한 번도 해보지 않은 취미 등 마음이 가는 것이 있다면 일단 행동해보자. 그 행동을 경험 삼아 자신이 원하는 분야로 나아가면 된다. 내가 좋아하는 것, 하고 싶은 것에 용기 내어 한발을 내딛다 보면 다음은 무엇을 어떻게 해야 할지 알게 된다.

고민하며 머뭇거리는 시간에
한 번 더 행동해보는 것이 나았다.
경험해서 몸소 터득하면 다음에 그와 비슷한
일을 하게 되면 조금 더 자신감을 갖고 할 수 있게 된다.

CHAPTER 4

# 강철 공감력

"세상에서 가장 큰 승리는 사람의 마음을 얻는 것이다"

# 원하는 것을 얻기 위해 가장 먼저 해야 할 일

국가 대테러훈련센터에 교관 팀장으로 보직을 받았다. 우수한 작전 요원 중 능력을 인정받아 그 역할을 훌륭히 해낼 수 있는 사람을 교관으로 선발한다. 군생활 10년 이상의 베테랑들이 가득한 곳에 교관 팀장으로 가는 것이 영광임이 분명했지만 그만큼 부담이기도 했다.

내가 보직을 받고 갔을 때 계급으로는 대위라 가장 높았지만 나이로는 막내였다. 팀원들이 과연 내 말을 들을까 두려운 마음이 컸다. 그리고 무엇보다 나의 교관이었던 사람들의 리더가 되어야 한다는 부담감이 상당했다.

하지만 계급으로 밀어붙이고 싶지 않았다. 모두의 인정을 받는 팀장, 리더로서 지휘관 역할을 잘해내고 싶었다. 그래서 막내 부사관부터 친구처럼 접근해 그들의 이야기를 들어주었다. 한 명씩 이야기를 들어주니 점차 마음의 문을 열고, 내가 하고자 하는 일들을 잘 따라주었다. 그리고 내 이야기를 들어주기 시작했다.

그때의 경험으로 누군가의 마음을 얻기 위해 가장 먼저 해야 할 일은 내 이야기를 하는 것이 아니라 그들의 이야기에 귀 기울이는 것이라는 사실을 배웠다. 그래서 지금도 나는 만나는 사람이 누구이든 언제나 그 사람의 이야기를 경청하려고 노력한다.

그때의 경험으로 누군가의 마음을 얻기 위해
가장 먼저 해야 할 일은 내 이야기를 하는 것이 아니라
그들의 이야기에 귀 기울이는 것이라는 사실을 배웠다.

# 신뢰 없이 '원 팀'은 없다

✧

레바논과 이스라엘은 오랜 세월에 걸쳐 분쟁 중이다. 영토 문제로 서로의 입장차를 좁히지 못해 결국 무력을 사용하게 되었다. 국방력이 월등한 이스라엘보다 레바논 쪽 피해가 컸다.

UN군은 레바논 남부 지역에 연합군 사령부를 창설하고 이곳에 주둔해 두 나라 간 분쟁을 조정하고 통제하는 역할을 하고 있다. 6.25 전쟁 시 UN군의 도움이 절실했던 대한민국은 이제 UN 평화유지군을 파병해 도움을 주는 나라가 되었다.

2009년 707 대테러 팀장으로서 레바논에 파병될 팀원들을 모집했다. 장교 2명, 부사관 11명으로 13명의 팀으로 구성했다. 현지로 파병되기 전 2개월가량의 소집 기간 동안 현지 정세와 필요한 각종 군사 훈련을 실시했다.

레바논은 위험 등급이 무려 6등급이다. 국방부에서 지정한 파병지 위험 등급은 현지의 치안 상태나 무장 단체 등 한국군에게 위협이 되는 정도에 따라 정해지며 가장 높은 등급이 7등급이다. 6등급인 레바논은 결코 만만한 곳이 아니었다. 무장단체가 테러를 자행하고 있었고, 매일 테러 첩보가 수없이 접수되곤 했다. 우리는 그곳에서 만일의 사태에 대비해 한국군의 보호와 현지 교민의 안전을 지키는 임무를 맡았다.

한국에서의 일반적인 훈련보다 더 강도 높은 훈련과 체력단련을 하며 파병을 준비했다. 현지에서 필요한 현지 아랍어와 문화교육을 비롯해 정치, 사회, 경제 등을 공부해야 했고, 필요한 장비에 대한 준비와 팀원들을 위한 리더십도 필요했다.

해야 할 일과 준비해야 할 것이 산더미 같았다. 목숨이 걸린 문제였으므로 '대충'이라는 단어는 머릿속에서 아예 지워야 했다. 가장 중요한 것부터 우선순위를 정해 하나씩 정리했다. 그때 내가 정한 0순위는 13명이 하나가 되는 것, 즉 서로가 서로를 신뢰하는 마음이었다. 서로가 신뢰하고 '원 팀'으로 의지해서 6개월간의 파병기간을 무사히 마칠 수 있었다.

해야 할 일과 준비해야 할 것이 산더미 같았다.
목숨이 걸린 문제였으므로 '대충'이라는 단어는
머릿속에서 아예 지워야 했다.

# 군인은 사랑 표현에 인색하다?

✧

나는 첫사랑과 결혼했다. 그리고 자신 있게 말하건대, 지금도 내가 가장 사랑하는 사람은 아내이다. 스무 살, 엘리트 경호원을 꿈꾸며 경호학과에 지원했고 합격했다. 입학 전부터 새로운 시작에 대한 기대감에 며칠간 밤잠을 설칠 정도로 기뻤다. 그러던 중 온라인에 합격자 커뮤니티 모임방이 만들어졌다. 미리 합격자들끼리 소통하며 친목을 다지자는 취지의 온라인 모임방이었는데 그곳에서 지금의 아내를 만났다.

순진하게도 나는 고등학교를 졸업하면서 '대학교에 들어가서 처음 사귀게 되는 여자 친구와 결혼해야지'라고 다짐했기에 여자 친구를 만나는 데 있어 매우 신중했다. 좋은 사람을 만났으면 하는 바람은 물론이고, 운명적 만남에 대한 환상도 있었다.

합격자 모임방에는 10여 명이 있었다. 채팅창에 모이면 서로 대학생활에 대해 이런저런 이야기를 나누었다. 그러다 생일 얘기가 나왔는데, 나랑 생년월일이 같은 친구가 있었다. 태어나서 처음 만나는 사람이었다. 나보다 한 시간 반 일찍 태어난 여자 동기였다. 너무 신기했고 우리는 그 연결고리로 급속히 친해졌다.

실제로 만난 사이는 아니었지만 10년 지기처럼 스스럼없이 대화가 오갔다. 혈액형도 B형으로 같아서 더 마음이 가까워졌다. 지금은 MBTI를 많이 묻지만, 그 당시에는 혈액형으로 서로 친해질 수 있을지를 점치곤 했다. 그렇게 공통점이 많은 친구를 만난 것도 신기한데 같은 과, 같은 전공이라 빨리 만나보고 싶었다.

입학식 며칠 전, 우린 서울역에서 처음 만나게 되었다. 얼굴을 마주하고 앉아 있으려니 너무 부끄럽고 쑥스러웠다. 그날부터 10년을 만나고 나의 다짐대로 나는 첫사랑과 결혼했다. 한번은 누군가가 어떻게 그럴 수 있느냐고 놀라워하며 비결을 묻기에 곰곰이 생각해 보니 하나 떠올랐다. 우리 부부는 동갑내기라 많이 다투기도 했는데, 화해 방법이 여느 커플과 달랐다. 다툼으로 마음이 상했을 때 아내와 나는 무도로 대결했다. 몸을 부딪히며 한바탕 땀을 흘리고 난 후에 웃으며 화해했다.

아내는 나보다 더 나를 잘 아는 사람이라고 해도 과언이 아니다.

내 삶에 많은 부분을 차지하며 나의 결정의 순간마다 큰 역할을 해준 사람이다.

내가 아내를 부를 때의 애칭은 '달링'이다. 가끔 다른 사람들과 있을 때 내가 아내를 달링이라고 부르면 사람들이 이상하게 쳐다본다. 주위 사람들의 따가운 시선에도 아랑곳 않고 아내를 애칭으로 부르고 닭살 돋는 애정 표현도 아끼지 않는다.

나는 두 딸에게 아빠로서 남자가 여자를 사랑하면 어떻게 표현하는지, 어떻게 대하는지를 잘 보여주려고 한다. 그렇게 보고 자라면서 '남자가 여자를 사랑하면 이렇게 하는구나' 하고 학습하길 바란다. 나중에 그런 남자를 만났으면 하는 딸 바보 아빠의 욕심이다.

아내와의 추억을 생각하면 가슴이 핑크빛으로 물든다. 우리 둘 인생에 있어 너무 소중한 시간을 함께했고 앞으로도 함께할 것이다. 은퇴 후 둘이서 세계일주를 하는 꿈을 꼭 이루고 싶다.

# 안보와 안전 전문가로서 오늘도 카메라 앞에 선다

✧

최근 생긴 나의 목표는 방송을 통해 선한 영향력을 주는 사람이 되는 것이다. 첫 번째는 '안보의식 함양'이다. 안보는 공기와 같아 그 소중함을 느끼기 힘들다. 공기가 없으면 우리는 살 수가 없다. 그렇지만 공기의 소중함을 알아주는 사람은 거의 없다. 안보도 마찬가지이다. 우리가 맘 편히 자고 먹고 일상생활을 할 수 있는 이유는 모두 안보가 튼튼하기 때문이다. 그런 안보의식이 더 사람들의 인식 속에 각인될 수 있었으면 좋겠다.

그래서 나는 〈강철부대〉라는 프로그램에 출연하게 되었다. 처음 기획안을 봤을 때는 특수부대끼리 대결을 한다는 데 반감이 들었고 흥미를 위해 '군인이 이용되는 거 아닐까?'라는 의구심도 들었다. 그러나 우리나라에도 멋진 군인들이 있고 지금도 우리의 평화를 위해 헌신하는 모습을 비춰주고 싶어 기획했다는 담당PD의 말에 마음을 돌렸다.

그렇게 방송은 시작되었고 많은 화제를 불러일으키며 군대와 군인에 대한 열풍이 일었다. 내가 출연하고자 했던 의도, 무엇보다 안보의식을 심어줄 수 있는 기회로써 부합하는 결과를 가져와서 정말 뿌듯하다.

안보 다음으로 내가 방송으로 알리고 싶은 부분은 '안전을 지키는 법'이다. 군에서 익힌 생존 훈련 경험을 활용할 수 있으면 좋겠다고 생각하던 차에 〈재난탈출 생존왕〉이라는 교양 안전프로그램에 고정 출연하게 되었다. 각종 재난 사고로부터 안전하게 살아남는 법을 알기 쉽게 재연하는 프로그램이었다. 일상생활 속에서 닥칠 수 있는 상황에 안전 메뉴얼을 제공한다는 데 큰 보람을 느꼈다.

방송 활동을 하며 내가 스타라는 생각을 해본 적은 없다. 그러나 나의 방송 활동을 보며 '스타를 다는 대신 스타가 되었다'라는 응원과 격려를 받았을 때 무엇보다 기뻤다. 앞으로도 안보와 안전에 대한 전문가로서 방송 활동을 지속적으로 해나가며 나의 목표를 향해 전진할 계획이다.

우리가 맘 편히 자고 먹고 일상생활을 할 수 있는 이유는

모두 안보가 튼튼하기 때문이다.

그런 안보의식이 더 사람들의 인식 속에 각인될 수 있었으면 좋겠다.

# 백지수표 대신 선택한 것

중동의 로열패밀리, 즉 왕족의 한 가족이 한국에 방문을 하겠다고 연락이 왔다. 그들은 2개월가량 체류하는 동안 경호와 생활에 관한 모든 것을 맡아줄 사람을 찾고 있었다.

특히 전담 경호를 해줄 것을 요청했고 비용으로 백지수표를 위임했다. 많은 보수를 받는 경호도 해보았지만 백지수표는 내게도 신선한 충격이었다. 경호원으로서는 영광이고 하지 않을 이유가 없었다. 최고의 대접을 받는다는 사실에 마음이 들떴다.

그러나 들뜬 기분은 아주 잠시였고 그 제안을 받아들여야 할지 고민이 되었다. 당시 〈강철부대〉가 끝나고 많은 방송 스케줄과 강연 일정 등 계획이 있었다. 방송을 시작하면서 안보와 안전에 대한 메시지를 전해야 한다는 목표를 세웠다. 목표에의 의지가 강했기 때문에 고민 끝에 백지수표가 아닌 방송을 택했다.

2개월간의 경호 비용이면 일반 경호원 1년 연봉보다 많은 금액이었을 것이다. 그러나 그때도 지금도 후회는 없다. 지금껏 나는 항상 무슨 일을 하든지 돈보다 명예를 선택했다. 만약 그런 좋은 기회가 또다시 온다면 능력 있는 후배들에게 기회를 돌려주고 싶다.

방송을 시작하면서 안보와 안전에 대한 메시지를 전해야 한다는

목표를 세웠다. 목표에의 의지가 강했기 때문에

고민 끝에 백지수표가 아닌 방송을 택했다.

# 스타를 다는 대신
# 스타가 되다

✧

문재인 19대 대통령이 대선후보였을 때 경호를 수행하는 중에 있었던 일이다. 그날은 행사장을 가는 날이었다. 많은 사람이 대선후보와의 만남을 기다리고 있었다. 대통령 후보가 온다는 말에 여기저기서 사람들이 그야말로 벌떼처럼 몰렸다. 구름 인파라는 말을 톡톡히 실감했다. 행사마다 사람이 몰리기는 했지만, 그날은 더욱더 일반시민들과의 만남에 정신이 없었다.

행사장 이동을 위해 홍대 근처의 서점 카페에 갔는데, 한 걸음 떼기도 어려울 만큼 사람들로 가득했다. 사람들이 너무 밀집되어 있으면 위협에 더 취약하고 이동 동선 또한 굉장히 신경 써야 한다.

게다가 기자와 카메라까지 진을 치고 있어서 감시할 것이 너무 많았다. 실내에 들어서니 앞에 무대가 있었고, 무대 앞쪽과 뒤쪽에 카메라 수십 대가 보였다.

VIP가 무대로 들어가고, 나는 카메라 뒤편 군중 속에서 감시하고 있었다. 모든 카메라 렌즈가 무대 쪽을 향했지만 나는 무대 위보다는 무대 아래 사람들의 동작을 유심히 관찰했다. 경호 상황은 늘 긴장되고 모든 감각이 예민해진다.

한창 행사가 진행되던 중 갑자기 내 좌측에서 크게 움직이는 물체가 보였다. 사다리에 올라가 있는 카메라가 갑자기 방향을 튼 것이다. 보통 카메라는 모두 정면을 향해 촬영하고 굳이 방향을 틀 이유가 없다. 그런데 방향을 트니 이상할 수밖에 없지 않은가.

나는 매섭게 그쪽을 바라봤고 카메라와 눈이 마주쳤다. 그리고 이상행동은 하지 않는지 주시했다. 특별한 이상이 없음을 확인할 때까지 눈을 떼지 않았다. 별일은 없었다. 그저 내 방향으로 카메라 렌즈를 돌리고 군중을 찍는 듯 보였다. 행사는 무사히 끝났고 그 일은 내 머릿속에서 지워졌다.

## 뜻하지 않은 벼락 스타?

며칠 후, 캠프 관계자 및 주변 사람들이 난리가 났다며 호들갑을 떨었다. 경호하는 데 온 신경을 쏟느라 인터넷도 SNS도 보지 않았기에 무슨 일이 있었는지 몰랐다. 소식을 전해 듣기로 내 사진이 SNS 상에서 퍼져 외국 사이트에서 난리가 났단다.

주위가 흥분으로 들떠 있을 때도 나는 그저 '사람들은 경호하는 모습이 멋있어 보이나 보다' 정도로 생각했다. 대수롭지 않게 여기는 내게 근처에 있던 누군가가 '난리가 난 사진'을 보여줬다. 정작 나는 인상을 쓰고 있는 내 모습이 마음에 들지 않았다.

그리고 며칠이 더 지났다. 애초에 경호원이라는 직업은 사람들의 행동과 시선을 살필 수밖에 없다. 그런데 여기저기서 나를 알아보는 듯했다. 행사장, 유세장 등 경호하면서 점점 사람들의 시선이 강하게 느껴졌다. 경호하면서 처음 겪는 상황에 당황했다. 급기야 사람들이 내 사진을 찍기 시작했다. 경호하면서 경호 대상자를 찍으려는 경우는 많이 봤지만 경호원을 찍으려는 상황은 처음이었다.

그런데 나는 그 상황이 반갑지 않았다. 오히려 경호하는 데 불편성과 위험성이 높아졌다. 집중이 어렵고 어떤 돌발상황이 벌어질지 몰라서 경호업무에 굉장한 리스크로 작용해서다.

어쨌든 그렇게 '대통령 후보 경호원'으로 유명해졌다. VIP가 대통령으로 당선되고 나서는 덩달아 나도 더 유명해졌다. 미국 타임지를 비롯해 영국 일간지, 프랑스, 독일, 스위스, 중동, 동남아, 중국, 일본 등 전 세계 신문과 사이트에 기사가 났다. 지금 생각해도 참 신기하다. '눈떠보니 스타가 되어 있었다'라는 말이 남 이야기인 줄 알았는데, 그런 일이 내게도 찾아온 것이다.

세계 언론에 기사가 실리니 국내 방송국에서 수십 통의 연락이 왔다. 인터뷰 요청과 방송 출연 제의가 빗발쳤다. 길거리에서 만난 사람들이 나를 알아보고 인사했다. '대통령보다 더 유명한 경호원'이라는 수식어도 붙었다.

맞지 않은 옷을 입은 것마냥 모든 상황이 어색하고 부담스러웠다. 특별한 일을 한 적도 없었고, 원한 적도 없었는데 갑자기 스타가 되었으니 말이다. 나는 모든 방송 출연과 인터뷰를 거절했다. 유명해지고 싶지 않았다. 단지 경호 일을 계속하고 싶었다.

그런데 그 한 장의 사진이 더는 경호 일을 할 수 없게 만들었다. 경호업무를 하는 데 경호원이 더 주목받아서야 안 될 일이지 않은가. 이미 유명해져버린 나는 더는 그 누구도 경호할 수 없었다.

인생이라는 달리기를 하던 중 누군가에 의해 강제로 레일에서 밀쳐진 느낌이었다. 목표 지점과는 전혀 다른 방향으로 달리게 되었다. 도저히 내 의지로는 방향을 되돌릴 수 없었다. 당시 내 유일한 선택은 달리기를 멈추는 것뿐이었다. 이참에 몇 개월 동안 얼굴도 제대로 못 본 어린 두 딸과 시간을 갖기로 하고 집에만 있었다. 모든 연락을 두절하고 잠수를 탔다.

## 되돌아보니 그것은 터닝포인트였다

2년여가 흐르니 내게 쏟아지던 시선은 거짓말이었던 것처럼 잠잠해졌다. 그러던 중 꾸준히 연락해오던 작가님에게서 제안이 들어왔다. 경호원 특집 방송을 준비 중인데, 경호원을 희망하는 사람들에게 좋은 말을 해줄 수 있냐는 출연 제의였다. 경호 관련 얘기만 하기로 약속하고 출연을 승낙했다.

방송에 출연해 들려준 내 경험을 사람들은 흥미로워했다. 출연한 방송이 제법 이슈가 되자 다른 방송 섭외가 들어왔다. 내가 하고 싶은 일이 무엇인지 곰곰이 생각해보았다.

내가 정말 원했던 경호원을 더는 할 수 없게 되었지만, 특수부대 출신 경호원으로서의 경험이 꿈을 가지고 노력하는 누군가에게 조금이나마 도움이 된다면 그것도 충분히 가치 있는 일이라는 생각이 들었다. 도전을 두려워하지 않고, 평범하지 않은 삶을 살아온 내가 누군가에게 좋은 영향을 줄 수 있다면 보람된 일이지 않을까?

나는 본격적으로 방송 일을 시작했고, 또다시 인생에 소중한 기회들을 얻게 되었다. 결국, 그 사진 한 장이 나의 인생을 바꾸는 전환점이 된 것이다. 그 사진이 찍히지 않았다면 내가 방송인으로 전향할 수 있었을까?

방송 일을 하고 있지만 여전히 내 안에는 경호원의 피가 흐르고 있다. 가령 방송에서 생존법이나 호신술을 알려줄 때도 사명감을 품고 있다. 내가 경호원으로서 한 명을 지켰다면 방송인으로서 알린 생존법이 어쩌면 수만 명을 지킬 수도 있지 않겠는가.

그리고 내 도전 경험을 알리며 새로운 일에 뛰어들려는 청년이나 제2의 인생을 준비하는 이들에게 도전할 용기를 주고 싶다. 그래서 방송 일을 하는 지금의 삶에 만족한다. 그때 사진을 찍어주신 기자님께 이 자리를 빌려 감사드린다.

도전을 두려워하지 않고, 평범하지 않은 삶을 살아온 내가
누군가에게 좋은 영향을 줄 수 있다면 보람된 일이지 않을까?

# 인터넷 검색으로는 절대 알 수 없는 것

TV 프로그램 〈강철부대〉에 출연한 이후 학교, 기관, 대기업, 경찰학교 등 50여 곳이 넘은 곳에서 연락이 왔다. 그곳에서 나의 이야기를 나누었고, 지금도 여러 곳을 다니며 강의 중이다.

특히 대학교에서 강의 요청이 많았는데 요즘 대학생들은 어떤지 궁금했다. 학교마다 분위기는 달랐지만 한 가지 공통적인 것은 청년들이 굉장히 똑똑하고 자기주관이 강해졌다는 것이었다.

예전에 내가 대학을 다니던 시절에는 궁금하다고 먼저 손을 드는 학생이 거의 없었다. 교수가 질문하라고 하면 한두 명이 의무적으로 질문했는데, 최근에 강의해보니 사뭇 달랐다. 특강이 끝나고 질

의응답 시간이 되었을 때 정말 많은 청년이 본인들의 상황과 진로에 대해 구체적인 질문과 조언을 구했다. 확실히 적극적이었고 본인에 대해 잘 알고 있었으며 생각도 깊은 것 같았다.

그런데 여기저기서 강의를 진행하면서 청년들을 가까이서 접하다 보니 한편으로는 조금 걱정도 들었다. 어쩌면 이 시대를 살아가는 청년들이 많은 것을 두려워하고 있는지도 모르겠다는 생각에서였다.

오늘날은 손쉽게 정보를 얻을 수 있는 시대이다. 아는 것도 많고 생각도 깊어서 본인의 진로나 꿈에 대해 검색하고 다양하게 상황을 예측해보는 것 같았다. 그런데 그들에게 없는 것이 있었다. 바로 행동력이었다. 자신들이 가지고 있는 그 생각이 도전으로 이어지지 않았다. 아마도 그만큼 두렵고 부정적인 생각이 복잡하게 얽혀 발을 묶는 요인이 되었으리라.

필요한 것은 행동력뿐이다. 가지고 있는 것에서 머물면 안 된다. 결국은 경험하고 행동함으로써 한 걸음 나아가야 한다. 경험이 인터넷 검색에서 얻을 수 없는 지혜가 되고, 용기가 되며, 도전정신이 된다.

또 하나 아쉬운 점은 다들 급해 보인다는 것이다. 뭔가 빨리 좋은 결과를 얻고 싶어 하는 듯했다. 물론 시간을 아끼고 싶고 더 빨리 자리 잡고 싶을 것이다. 남들에게 뒤처지고 싶지 않을 것이다. 그런데 그보다 먼저 가져야 할 자세가 있다. 본인이 이루고 싶은 목표가 있다면 비록 시간이 걸리더라도 나아가되 절대 포기하지 않는 것이 중요하다. 과정을 거치지 않고 결과를 얻는 것은 없다. 그런 의지와 행동력은 자신의 꿈을 이루는 데 반드시 필요한 요소이다.

그래서 나는 강단에 설 때마다 이야기한다. 내가 경험한 생존경험과 새로운 도전 그리고 스스로의 자존감을 세우며 일어섰던 나날에 대해서 말이다. 지금 내게 중요한 것이 무엇인지, 내가 행동해야 할 것이 무엇인지, 그것을 어떻게 이끌어내야 하는지를 생각해보자. 그리고 도전해보자.

# 거하게 총대 메어본 사람으로서
# 총대 메고 하는 말

✧

'라떼는 말이야'라는 유행어가 있다. 세상이 급속도로 달라지다 보니 세대 간 격차가 크게 느껴져서 나온 유행어가 아닐까. 이야기하다가 나도 모르게 '나 때는' 하고 서두를 떼면 '꼰대' 소리가 돌아온다. 꼰대소리를 듣더라도 하고 싶은 말이 있다.

요즘 군대는 정말 많이 변했다. 복무기간도 점점 짧아지고 있고 군대 안에서 휴대전화를 사용하는 것도 가능해졌다. 예전에는 군대에 한번 들어가면 사회와 완전히 단절되었는데, 지금은 군대 안에서도 외부와의 소통이 잘되고, 장원들의 인권 보장도 잘되어 있다.

무엇보다 그동안 장병들이 가졌던 피해의식은 '군대에 들어가 자신의 아까운 청춘의 시간을 낭비하고 있다'였다. 인생에서 가장 혈기왕성한 시기인 데다 열심히 공부하고 배워할 시기에 오랜 시간 군대에서 갇혀 지내야 한다는 것 때문에 부정적 생각이 생겼던 것 같다.

하지만 요즘 군대는 그렇지 않다. 자율시간도 주어지고 여러 면에서 자기개발할 수 있는 여건이 주어졌다. 자신이 사회에서 하던 일이나 갖고 있는 재능에 따라 군대에서 지속적으로 배우거나 익힐 수도 있다. 또한 사회와의 소통 등 다양한 조건이 개방되어 있기 때문에 비록 군복을 입고 막사에 있지만 외부에서의 활동과 크게 다른 것이 없다.

물론 군대이니 단체생활과 훈련이라는 차이가 있지만 입대하는 청년들이 인생 경험의 일부분으로 받아들이면 좋겠다. 통제된 조직생활과 규율 안에서 나를 맞추며 지낸 경험은 사회생활에서 굉장히 도움이 된다.

그런데 급속도로 개방되다 보니 어느 면에서는 부작용도 생기는 것 같다. 아니, 부작용이라기보다는 군대에서 길러야 할 기본적인 체력과 정신력이 약해진 것 같다. 의지가 약해져 얼마든지 해낼 수 있는데도 쉽게 포기해버리는 듯하다.

군대가 존재하는 이유는 국방이다. 그 역할을 감당하기 위해서 군대를 양성하고 훈련하는 것이다. 그런데 요즘 군대에서는 예전보다 그런 의식들이 약해진 것만 같아 아쉽다. 장병들을 위한 시설과 복지가 좋아진 것은 매우 긍정적인 일이다. 다만 그에 걸맞게 정신력과 통찰력도 함께 좋아졌어야 하는데 너무 안일해진 것 같다.

군인은 군인다워야 한다. 싸워서 이겨야 한다. 군복을 입고 있는 한 국방의 의무를 다하고 더 강해져야 한다는 마음을 가져야 한다. 자율성이 보장된 만큼, 그만큼의 책임감도 따른다. 스스로의 책임감과 도전정신이 유지되는 안에서 더 좋은 혜택과 여건이 주어지면 좋겠다.

# 사회를 위해 할 수 있는 일이 있다면

✧

나는 아름다운 자연을 두 눈으로 보고, 느끼고, 경험하는 것을 좋아한다. 두메산골 소년으로, 특전사로 하늘과 산과 바다를 다 누려보았다. 그러다 보니 아름다운 자연을 보존해야겠다는 생각이 항상 있었다. 그러한 의미에서 내가 했던 몇 가지 활동을 소개한다.

## 동남아 쓰나미 피해복구 봉사

군 입대 전 마지막 여행으로 인도와 태국에 다녀왔다. 인도를 두 달간 돌아다니고 마지막 일주일은 태국에 있는 섬에서 보내기로 했다. 그런데 인도에서 태국으로 이동하기 직전에 동남아지역에 쓰나미가 일어나 수십만 명이 사망하고 피해를 입었다. 내가 가려고 예약해두었던 태국 푸켓 인근에 있는 피피섬이 쓰나미로 인해 잠겨버렸다.

나는 일단 태국으로 넘어가서 안전한 곳에 있다가 한국으로 돌아가기로 했다. 첫날 숙소에 도착해 짐을 풀었는데, 쓰나미 직후 해외 구조단체들이 봉사활동과 복구를 위해 섬으로 들어갔다는 소식을 들었다. 순간 나도 작은 힘이라도 보태야겠다는 마음이 들었고 지원방법을 알아보았다. 그러나 주위에서는 아직 시체 인양도 다 하지 못했고 너무 위험하니 가지 않는 것이 좋겠다며 나를 말렸다. 하지만 나는 역량이 된다면 기꺼이 돕는 것이 맞다고 생각했다.

세계 곳곳에서 온 구호 물품을 들고 섬으로 들어갔다. 폐허가 된 섬의 모습은 그야말로 처참했다. 높은 야자수 나무 꼭대기까지 바닷물이 차올랐던 흔적들이 보였다. 섬뜩했다. 하필이면 쓰나미가 일어난 시간이 크리스마스 다음 날 아침이었다. 축제를 즐기고 난 뒤 쉬고 있을 시간에 쓰나미가 덮친 것이다. 섬 전체가 물에 잠겼고, 1,500명이 넘는 사람들이 실종되거나 사망했다.

나는 무너진 건물과 막힌 길을 복구하는 일을 도왔다. 다행히 세계 각국에서 온 자원봉사자들과 함께 일주일 동안 텐트에서 자면서 복구작업을 했다. 하루 빨리 섬이 재모습을 찾을 수 있도록 기도하며 작은 힘을 보탰다.

그리고 몇 년이 지나고 관광객이 다시 그 섬을 찾게 되었다는 소식을 들었을 때 안도의 숨을 내쉬었다. 그때 내 여행의 일주일을 섬의 복구하는 데 썼다는 게 두고두고 뿌듯하다. 선을 행한다는 것이 스스로에게 얼마나 큰 자부심을 가져다주는지는 직접 경험해야만 알 수 있다. 그때와 같은 일이 또 일어나서는 안 되겠지만, 혹여 다시 그런 일이 일어난다면 나는 기꺼이 현장에 달려가 내 힘을 보탤 것이다.

## 플로깅

나는 조깅하는 것을 굉장히 좋아한다. 특히 필드를 뛸 때 느끼는 공기의 상쾌함, 몸에서 나오는 열기, 뛰는 심장소리를 좋아한다. 그래서 어디를 가든지 항상 조깅할 수 있도록 운동복과 신발을 챙긴다.

플로깅은 조깅을 하면서 주변에 있는 쓰레기를 줍는 행위를 말한다. 북유럽에서 이삭을 줍는 행위에서 유래되어 시작되었는데 우리나라 말로는 '줍깅'이라고 하면 된다. 한강 주변과 남산 주변을 자주 뛰는데 그때마다 플로깅을 한다. 반환점까지 가는 길에 주변 쓰레기들을 봐뒀다가 돌아오는 길에 수거해온다. 내가 뛰는 주변이 깨끗해지면 돌아오는 발걸음이 더 가볍다.

봉투 하나를 들고 쓰레기를 줍고 다니면 주위 사람들의 시선을 끌게 된다. 나를 보는 사람 중에는 쓰레기를 줍지 않는 자신을 부끄러워하는 사람도 분명 있을 것이다. 함부로 쓰레기를 버리는 일이 줄어들 테고, 언젠가는 플로깅에 동참할 수도 있다. 플로깅을 할수록 그렇게 인식이 바뀌는 사람의 수는 늘어나지 않을까.

플로깅을 여럿이 함께하면 좋겠다는 생각이 들어 동참할 사람을 모집했다. 주기적으로 강철부대원들과 함께 플로깅을 하고 있다. 또 이 과정을 영상 콘텐츠로 만들어 플로깅을 널리 알리고 있다. 운동을 하며 쓰레기 하나라도 주워준다면 조금은 더 깨끗한 자연을 누릴 수 있게 될 것이다. 때문에 나는 앞으로도 더 많은 사람과 함께 조깅하며 쓰레기를 수거할 예정이다.

## 해양 정화활동

강원도 고성 해변에서 〈강철부대〉 첫 촬영을 진행했다. 대한민국 특수부대 24명이 모여서 뜨거운 내결을 펼쳤던 현장이다. 바닷가 해변에서 촬영을 준비하는데 생각보다 쓰레기가 많아서  제작진들과 함께 주변을 정리한 뒤 촬영을 시작했다.

바다 속에 들어가는 미션이 있어서 나는 마스터로서 먼저 미션 준비를 위해 물속에 들어가보았다. 그런데 물속에도 생각보다 많은 양의 쓰레기가 돌아다니고 있었다. 그때 해양 정화활동을 해야겠다고 마음먹었다.

특전사에 있을 때 매년 한강에 들어가 쓰레기를 수거하는 수중 정화활동을 했다. 한강 물속은 쓰레기 천국이었다. 작은 고철에서부터 냉장고, 의자, 컴퓨터, 타이어 심지어 자전거까지 나왔다. 깊은 물속에 들어가 쓰레기를 줍기 위해서는 다이빙 기술이 있어야 하는데, 특전사로서 배운 수중 침투기술을 수중 정화활동을 하는 데 사용할 수 있었다.

〈강철부대〉 참가자들은 대부분 특수훈련을 받았다. 〈강철부대〉란 프로그램으로 사랑도 받았는데 더 좋은 일을 함께하면 좋겠다는 생각이 들었다. 나는 프로그램이 종료되는 시점에 함께 출연했던 후배들에게 환경보호를 위해 선한 영향력을 보여주는 활동을 하자고 제안했다. 그들은 기꺼이 나를 따라주었고, 본인들의 능력을 좋은 일에 쓰고 싶어 했다.

우리는 〈강철부대〉 첫 촬영지를 다시 방문해 해변을 청소했다. 30분도 안 되어 큰 마대자루 10개가 가득 차버렸다. 수중에는 특히나 낚시를 하다 끊어진 바늘과 통발들이 꽤나 있었다. 물고기가 이걸 먹고 죽게 되면 해변에 떠밀려오게 되고, 그 물고기를 먹은 갈매기 같은 조류의 목에 바늘이 걸릴 수도 있다. 그뿐만이 아니라 다양한 비닐과 플라스틱도 건져냈다.

우리가 쓰레기를 주우면서 지나가자 고개를 돌리고 난감해하는 사람들도 있었고 좋은 일한다며 칭찬해주는 사람들도 있었다. 자발적으로 환경보호를 하고 있는 모습을 보고 분명 누군가가 영향을 받을 것이라고 생각한다. 적어도 우리를 본 사람들은 쓰레기를 함부로 버리지는 못할 것이다.

누구나 생각할 수 있지만 아무나 못하는 일을 했을 때 나 자신에게 뿌듯한 마음이 든다. 더욱이 자연을 아름답고 소중하게 생각할 수 있음이 얼마나 큰 배움인가. 우리의 작은 정화활동이 모든 쓰레기를 없앨 수는 없지만, 우리를 지켜본 사람들에게 오염 실태를 알리고 자연을 누리는 만큼 소중히 간직해야 한다는 메시지를 전할 수 있어 만족한다.

최근에는 제주도에서 촬영을 했는데, 그곳의 해안도 정화하고 왔다. 그때는 제주도에 사는 분들 중 뜻을 함께하고픈 사람을 모집해 30여 명 정도가 정화활동을 했다. 나는 앞으로도 지속적으로 해양 정화활동을 해나갈 예정이며, 많은 사람의 공감을 얻을 수 있도록 널리 알릴 생각이다. 나라를 지키기 위해 배운 특수훈련과 기술로써 사회에 도움이 되는 활동을 하고 있으니 이것이야말로 재능 기부가 아닐까.

누구나 생각할 수 있지만 아무나 못하는 일을 했을 때

나 자신에게 뿌듯한 마음이 든다.

코로나 극복프로젝트
19 km 트래킹

코로나 팬데믹이 시작된 2020년 봄부터 사람들은 일상을 잃어버렸다. 하고 싶은 것을 마음껏 할 수 없게 되었고 취업도 공부도 일도 지장이 생겼다. 정부나 의료진이 각고의 노력을 다했지만 바이러스 앞에서 우리는 하염없이 무기력할 수밖에 없었다. 코로나로 고생하는 이들이 어떻게 하면 조금이라도 힘을 낼 수 있을까 고민했다.

그러던 어느 날, 등산을 하다 문득 '나는 산을 오를 때 무슨 생각을 하지?' 하는 의문이 들었다. '정상을 가야되겠지?', '천천히 갈까? 빨리 갈까?', '내려가서는 무얼 할까?' 등 여러 가지 생각을 하면서 산을 오르고 있었다. 그런데 정상에 서면 여러 복잡한 생각은 사라지고 상쾌함이 몸과 마음을 정화시켜준다. 그래서 생각해낸 것이 '코로나19 극복 19km 트래킹'이다. 자신이 버리고 싶은 것들을 나무장작에 쓴 뒤 배낭에 짊어지고 19킬로미터를 걸어서 모닥불에 태우는 것이다. 나는 이것을 코로나 극복 이벤트로 만들어보았다.

참여하고 싶은 사람들이 강촌역에 모였다. 무엇을 하는지 사전에 설명해주지 않았고 트래킹을 한다고만 알려줬다. 참가자들에게 장작 꾸러미를 나눠주고 자신이 버리고 싶은 것을 적으라고 했다. 참가자들은 저마다 자신이 버리고 싶은 버릇이나 기억, 습관 등을 적었다. 나는 그 장작들을 가져온 배낭에 넣으라고 했다. 장작의 무게는 15킬로그램 정도였다.

그들과 함께 19킬로미터 산악 트래킹을 시작했다. 다들 가벼운 마음으로 출발했다. 평지를 지나 오르막길이 나오자 사람들은 슬슬 땀을 흘리기 시작했다. 산 정상을 향해 올라갈수록 숨소리가 거칠어졌다. 별거 아니라고 자신했던 남성 참가자들도 버거워했다. 1/3 지점을 지나자 다들 너무도 힘들어했다. 처음에는 가볍게 생각했던 장작더미 몇 개가 이렇게 자신을 힘들게 할 줄 몰랐을 것이다.

그렇게 하루 종일 걸어 저녁이 될 무렵에 우린 종착점에 도착했다. 거기엔 텐트와 모닥불이 준비되어 있었다. 나는 이제 장작을 꺼내라고 했다. 각자 적어온 버리고 싶은 것들을 확인하면서 잠시 서로 이야기를 나누었다. 그제야 그들에게 오늘의 트래킹을 설명했다.

“19킬로미터라는 긴 거리를 걸으면서 여러분이 메고 있는 장작 더미가 무척이나 힘들게 느껴졌을 것입니다. 그 장작이 발목을 잡는 것 같다는 생각도 들었을 테지요. 하지만 여러분 모두 결국 완주했습니다. 여러분이 장작에 기록한, 인생에 걸림돌이 될지 모를 것들을 이제는 모닥불에 과감히 던져버리세요. 남김없이 활활 태우는 겁니다. 이제부터는 여러분의 인생 목표를 위해 더욱 자신감을 갖고 나아가십시오.”

참가자들은 자신들이 짊어지고 온 장작들을 모닥불에 모두 태워버렸다. 그날 참가자들은 육체적 고통을 극복하고 정상에 도착하는 경험을 통해 자신감을 얻었다. 버리고 싶던 것을 모닥불에 내던지는 참가자들의 표정은 무언가를 단단히 각오한 듯 보였다.

## 강철 공감력 키우는 법

상대의 마음을 알아주고 이해해주는 공감력이야말로 인간관계에서 없어서는 안 될 능력이 아닐까. 나는 지금의 아내와 20년간 만나면서 수없이 싸우고 화해하기를 반복했다. 아내를 처음 만났던 스무 살에는 도무지 여자의 마음을 알 수가 없었다. 내가 그녀를 좋아하니까, 그녀가 나를 좋아해주니까 그저 좋았다. 내가 마음속으로 생각한 것을 상대방도 그렇게 생각하겠거니 여겼다. 그래서 아내를 서운하게 할 때가 많았다.

20대의 어느 날 당시 여자 친구였던 아내와 싸우고 헤어졌다. 며칠 동안 연락도 하지 않고 지냈다. 그렇게 시간이 흘렀고, 내가 잘못 해준 것들이 생각나기 시작했다. '아! 그때 왜 그랬을까? 미안하다고 말할걸. 울게 내버려두지 말걸. 고맙다고 사랑한다고 말할걸. 그런 게 아니라고 말해주고 따스하게 안아줄걸' 하고 이런저런 후회가 밀려왔다. 옆에 있을 땐 몰랐고 신경 쓰지 않았던 일들이 헤어지고 나서야 생각이 났다.

상대방이 한 말보다 말한 의도를 생각하는 것이 공감이다. 자존심은 잠시 버려도 된다. 내 사람이라고 생각된다면 그 사람의 마음속에 들어가려고 노력해야 한다. 혹여 그 마음을 다 이해할 수는 없더라도 아는 척은 하려고 애써야 한다. 그것이 공감의 첫걸음이다.

요즘도 나는 아내와 대화할 때 그녀의 말보단 마음을 더 이해하려고 한다. 하루는 아내가 일을 마친 뒤 아파트 후문 쪽에 있는 약국 앞으로 마중을 나와달라고 했다. 짐이 무거우니 들어달라는 것이다. 나는 전화를 끊자마자 후문으로 나가 약국에 도착했다.

그런데 둘러보니 아내가 보이지 않았다. 전화를 걸어 어디 있는지 물었더니 아내는 아파트 안으로 걸어가고 있다면서 내게 왜 다른 길로 갔냐고 따졌다. 분명 나에게는 약국 앞으로 나오라고 했고, 지금 자기가 다른 길로 가고 있으면서 마치 내가 잘못한 것처럼 말하는 것이다. 대부분의 남자들은 이해하지 못할 수 있다. 오라고 한 곳에 제대로 갔는데도 한소리를 들었으니 말이다. 집앞에서 만난 아내에게 나는 이렇게 말했다.

"아! 내가 그 길로 왔으면 당신을 더 빨리 만나서 짐도 들어주고 했을 텐데……. 더 빨리 보고 싶었는데 아쉽다."

그 순간 찡긋 웃으며 짐이나 빨리 들라는 아내를 향해 나도 그냥 웃었다. 아내는 나를 빨리 만나고 싶어서 약국 앞으로 오라고 말하고는 항상 다니던 길로 내가 오길 바라며 걸었던 것이다.

상대방의 마음을 한 번 더 들여다보고 상대방이 한 말을 생각해 보고 따뜻하게 말을 건네보자. 그러면 상대방은 자신을 공감해주고 있다고 생각할 것이다.

강철 공감력을 키우는 방법은 어렵지 않다. 상대방의 이야기를 끝까지 들어주면 된다. 이야기를 들어주기만 해도 마음을 여는 데 큰 도움이 된다. 그리고 반응을 해주어야 한다. 그것도 진정성 있게 말이다. 그다음에 상대방이 한 말의 의도를 파악한다. 거기까지다. 거기서 덧붙여 내 의견이나 생각들을 이야기하면 공감이 되기 쉽지 않다. 내가 맞다고 생각하는 것은 내 가치이지 정답이 아니다. 오롯이 상대방의 말을 듣고 나도 상대의 마음이 되어주어야 공감이다.

사람마다 타고난 기질과 성향이 다르고, 자라온 환경이 다르다. 성격이나 가치관이 비슷한 부류는 있을 수 있지만 모든 부분이 완벽히 같을 순 없다. 그래서 나는 그 다름을 인정했다. 그들의 말과 상황과 행동을 먼저 받아주었고, 그렇게 받아주고 나니 사람들의 다양한 생각을 알 수 있었다.

사람은 혼자 살 수는 없다. 모두 자신의 기준에 따라 맞고 틀리고 다름을 결정하면 세상이 어떻게 되겠는가. 그래서 더더욱 공감력이 필요하다.

강철 공감력을 기르려면 다음 세 가지를 기억하면 좋다.

1. 잘 듣는다(경청).
2. 다름을 인정한다.
3. 상대방의 마음을 수용한다.

다양한 직업의 사람, 다른 환경에 살고 있는 사람을 만나보고 공감해보자. 공감력이 높아지면 세상을 사는 지혜가 생긴다. 나와 다른 삶을 이해하고, 나와 다른 생각을 받아들이다 보면 점점 사고방식이 유연해질 것이다. 우선 곁에 있는 가족, 친구부터 시작해보자. 그들의 마음을 얼마나 공감하고 있는가?